KB125223

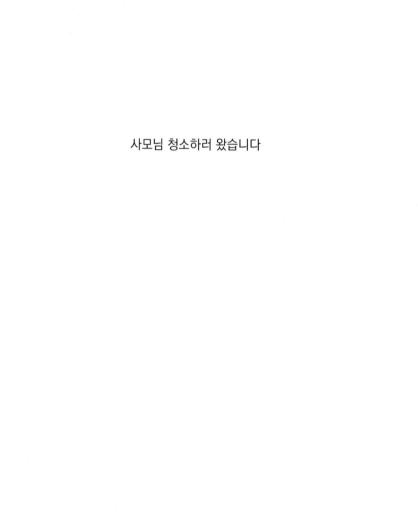

사모님 청소하러 왔습니다

어떻게 먹고 살아야 할지
고민하는 모든 이들에게

본 이야기는 청소부로 근무했던 지난 142일과
그 외 취업 실패 경험담이 함께 쓰였습니다.

**목차**

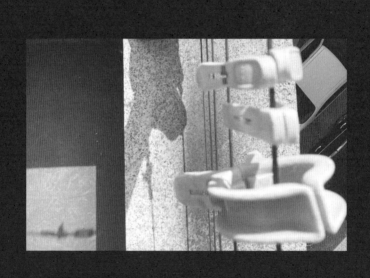

청소부가 되기 전 단계

학과 모범 장학생. 지난 4년 동안의 노력 끝에 이루어 낸 작품이었다. 나는 몇백 명의 시선을 받으며 묵직한 상패를 거머쥐었다. 사람들 사이로 대단하다, 라는 말들이 오가는 걸 들었다. 자신에게 뿌듯한 마음에, 차마 웃음을 감추지를 못했다. 나는 자랑스러운 상패를 당당히 들어 보였다. 강당이 떠들썩하게 박수 소리가 울렸다. 나는 졸업식의 하이라이트 속에서 찬란하게 빛나고 있었다.

나는 만학도였다. 가난한 집안 형편 때문에 등록금이 밀려 고등학교를 제때 졸업하지 못했기 때문이다. 훗날 누군가의 도움 덕분에 등록금을 갚을 수 있었고 원하던 대학교에 입학할 수 있었다. 그렇지만 희망찬 새 출발은 얼마 못 가 좌절을 맞이하게 되었다. 왜냐하면 임대주택이 당첨되었는데도 보증금과 이사 갈 돈이 전혀 없었기로, 학교를 자퇴하고 환불받은 등록금으로 이사를 해야 했기 때문이다. 동년배 친구들은 공모전을 준비하고 유학이나 어학연수를 떠나며 자기 계발에 노력을 쏟는 시기였을 테지만, 나는 포기에 익숙해져야 살 수 있었다.

몇 년 뒤, 온갖 고생 끝에 자퇴한 학교에 다시 들어가게 되었다. 면접을 보러 갔을 때, 나를 알아본 교수님이 단 한마디만을 물어보았다.

"열심히 살 거니?"

"네!"

"그래. 나가 봐."

나는 교수님이 면접지에 동그라미 표시하는 것을 보았다. 그대로 나는 곧장 합격하게 되었다. 그런데 막상 입학해 보니 신입생들은 90년대생이고 나는 80년대생 꼰대였다. 머리 좋은 어린 친구들과 경쟁하기 위해서 이를 악물고 공부를 했다. 그 결과로 지금, 졸업식의 갈채를 온통 누리고 있었다. 이 나이에 동아리 대표에다 과대까지 하면서 최선을 다했다. 뒤돌아봤을 때 후회하지 않도록 교과서의 글씨하나, 온점 하나까지 외우며 독종처럼 버텼다.

그러나 파란만장했던 활동을 마무리하고 졸업식과 함께 서른을 맞이했을 때, 그 영광은 채 12시간도 되지 않아 시궁창으로 추락했다.

졸업식 한 달 전, 나는 모 대학교에 취업하게 되었다. 구직 사이트에 채용공고로 '사무업무, 회계 가능자 우대, 관련 업무 경력 우대'라는 조건과 함께 올라와 있었다. 나는 제발 되라는 마음으로 이력서를 보냈고, 다음날 서류 합격이라는 연락을 받았다. 면접 때는 채용 담당자한테 '출근하면 될 것 같다'라는 말을 들었다. 초고속 취업이라니! 이건 그동안 겪어온 인내와 노력에 대한 보상인 것만 같았다. 막연히 학교 행정실에 취업했다고 생각하고 첫 출근을 나왔다.

그런데 공과대학 내 어떤 학과의 조교를 하라고 했다. 문과생인데 이과생의 성지를 관리할 수 있을까 싶어 덜컥 겁이 났다. 학과가 개발하는 소재가 무슨 소재인지, 뭘 만드는지도 모르는데 말이다. 채용 상세 내용 하나 없이 행정 보조라고만 말해놓고 인제 와서 한 학과의 일을 전담하는 조교 일을 하라는 게 이해되지 않았다. 그래도 나 하나 욱해봤자 무슨 힘이 있을까 싶어 조용히 행정실의 문을 두드렸다.

인수인계를 담당한 전임자는 정말 천사 같았다. 그러나 내막을 알고 나선 이런 나쁜 사람이 또 있나 싶었다. 그녀는 입사한 지 2주 만에 임신 사실을 알게 되었다. 바로 사표를 내게 되었고 급하게 사람을 뽑게 되었다. 인수인계를 위해 그녀와 2주일 더 같이 근무하게 되었는데, 그러는 내내 입덧을 하지도 임산부의 징조도 티를 내지 않았고 태명도 짓지 않았다고 했다. 물론 입덧하지 않는 체질도 있겠지마는 인수인계를 받는 동안은 절망의 늪에서 허덕이는 것만 같았다. 그래서 그녀가 거짓말로 임신을 핑계 대며 도망가는구나, 하고 깨닫게 되었다. 그곳은 그녀가 그랬던 것처럼 나 역시도 도망가고 싶은 마음이 들 정도로 시스템이랄 것이 전혀 없는 구조였다. 능숙해지면 상황이 나아지겠지, 라고 스스로 위로하며 하루하루를 버텨내야 하는 곳. 전임자는 인수인계를 해주며 스프링 노트에 손글씨로 업무 사항을 하나하나 적어 주었다. 내가 일을 하러 왔는지 과외를 하러 왔는지 헷갈릴 정도였다.

그녀가 떠나면서 얄팍한 가르침도 금세 사라지고 말았다. 동료들도 처음에는 안쓰러움에 잘해주곤 했지만, 어느 순간부터는 등을 돌리기 시작했다. 물론 그녀들이 살기 위한 나름의 방법이라는 건 충분히 이해했다. 문제는 그녀들의 태도가 아니라 일에 적응하지 못하는 나 자신이었다. 나는 전임자가 남긴 노트를 10회독 했다. 업무시간 내내 읽고 또 읽고, 야근을 하면서도 읽었다. 야근할 거리가 없었는데도 나는 남아서 끊임없는 회독에 붙들려 있었다. 다음 날 아침이 되면 새로운 일거리가 쏟아졌다. 그건 노트에 없는 내용이었다. 항상 이런 식이었다. 알지 못하는 일들이 쏟아지고 그 위로 허덕거리며 하루가 끝나는 식이었다.

한번은 한 교수가 반말짓거리를 하면서 아두이노라는 재료의 공급가격을 알아내서 공급처에 이른바 가격 후려치기를 하라고 했다. 조교가 직접 원가 이하의 가격으로 네고해야 한다니, 이게 대체 무슨 소리인가. 황당했지만 이것보다 더 한 사태가 벌어졌다.

행정과장이 오지랖 넓게 나를 도와준다며 수강 신청 기간에 어떻게 강의들을 개설해야 하는지 시범을 보여주었다. 그런데 아차! 시범으로 열어놓은 강의에 실제로 학생들이 몰려와 버린 것이다. 그것도 4학년만 들을 수 있는 보충 강의에 다른 학년들이 죄다 몰려들었다. 그래서 정작 4학년 학생들은 수강 신청을 하질 못했다. 그런데 행정과장은 수습도 하지 않고 행정실로 줄행랑을 쳐 버렸다. 나는 굳어버렸다. 이것도 내가 사과 전화 돌려야 하는 건가? 맞았다. 행정과장이 저지른 과오는 하도급 계약직인 내가 처리를 다 해야 하는 것이었다. 이 와중에 수강 신청을 못 했다며 찾아온 4학년 CC 커플은 인생을 책임지라며 악에 악을 쓰면서 조교실이 떠나가라 소리쳤다. 하다못해 학과장님을 호출했는데 그 덕분에 겨우 행패가 중단되었다. 행정과장은 슬쩍 쳐다보더니 나와 눈이 마주치자 멋쩍게 웃고 도망가 버렸다. 사과 전화를 돌리면서 먹었던 욕 때문에 배가 빵빵해질 지경이었다. 이런 TM(텔레마케팅) 업무는 험한 일인 줄도 모르고 순진하게 일했던 20대 때나 했던 것이었지, 설마 30대가 되어서도 할 줄은 상상도 못 했다.

지금 생각해 보면 별일도 아닌데 다들 왜 그리 삭막하게 굴었나 모르겠다. 세금계산서의 품목에 오타가 난 건 애교에 불과했는데. 뭐라도 하나 잡아다가 화풀이로 삼으려는 심보였던 게 분명했다. 엑셀 양식에 선 긋기 하나가 빠져 있다고 과장님께 불려가 영혼까지 탈탈 털리는 건 기본이었다. 처음에는 나긋나긋한 화풀이에서, 나중에는 소리를 치는 화풀이로 그 단계가 업그레이드되었다. 상사들은 나를 답답해하며 자기 옆에 앉으라면서 몇십 분 동안 화를 토해 냈다.

"이런 것도 못 해요? 왜 못 해요?"

인제 와서 보면 나도 '제대로 된 일을 시키세요!'하고 화를 냈어야 했는데, 왜 수그리고 있기만 했는지. 과거로 돌아가서 나를 얼른 껴안고 토닥이고만 싶다. 그렇게 혼나고 나면, 바쁜 건 맞는데 왜 바쁜 것인지 이해하지 못한 채로 시계만 보고 멍하니 있었다. 아침 7시에서 저녁 10시까지

매뉴얼을 외우고, 혼이 나고, 울고, 일을 했다. 얼마 전까지만 해도 나는 전액 장학생이었는데, 그 머리와 일머리는 전혀 다르다는 것을 이제야 깨달았다.

목구멍에 밥이 들어오지 않았다. 나는 점심시간이 되면 남들의 시선을 피해 다른 층의 화장실로 도망쳤다. 누가 우는 소리를 들을까 봐 입을 손으로 틀어막았다. 식사를 거르자 살이 쭉쭉 빠져갔다. 현기증과 빈혈이 교대로 오갔다. 가족들에게는 말을 시키지 말라며 신경질적으로 대했다. 일을 수행한 횟수보다 혼이 난 횟수가 점점 더 많아지자, 극단적인 생각이 밀려왔다. 결국엔 내가 여기서 죽어버리면 이 지옥도 끝날 수 있을까 하는 마음이 들었다. 한 번은 과장님에게 불려가서 제대로 깨졌다.

"이게 보여요, 안 보여요? 시력이 안 좋아요? 남들은 다 제대로 하는데 왜 그쪽만 이걸 못해? 싫으면 하지를 말든가."

이런 얘기까지 듣자, 나는 일을 제대로 해내지 못하는 나 자신을 죽이고 싶었다.

그리하여 그날 저녁, 조교실에 여전히 혼자 남은 나는 아무것도 없는 모니터를 빤히 쳐다보고만 있었다. 화면에는 나에게 쏟아졌던, 화로 가득한 말들이 쓰여 있는 듯해 보였다. 불현듯 창문 밖으로 뛰어내리고 싶은 충동이 들었다. 내가 무가치한 사람으로 느껴졌다. 조교실을 박차고 나와 옥상으로 향했다. 계단을 하나둘 올라가는데 미련하게 눈물이 줄줄 흘렀다. 이대로는 안 되겠다 싶었다. 나는 다시 아래로 내려가 행정실의 문을 열었다. 과장님은 언제나 야근을 하셨기에 그 자리에 그대로 계셨다. 토끼눈이 된 과장님에게 할 말이 있다고 말했다. 그리고 과장님 앞에서 울음을 터뜨렸다.

"제가 일을 너무 못해서 죄송합니다. 잘못했습니다. 그만 두겠습니다."

과장님은 매우 당황한 눈치였다. 서른 살 넘은 여자가 상사 앞에서 눈물을 짜는 꼴사나운 풍경이란. 이런 건 어린 나이에나 용서가 가능할 텐데, 나 자신이 너무나 처량하고 궁색해 보였다. 그렇지만 어쩔 수 없었다. 나도 모르게 흘러나오는 눈물을 스스로 주체할 수 없었다. 자존심도 없고 한심한 인간. 그런데도 평소 같았으면 "이런 것도 못 해?"라고 말씀하셨을 과장님은, "미안합니다"라는 말을 꺼냈다.

안녕히 계세요.

그리고 다음에 올 친구에게는

부디 다그치지 말아 주세요.

세상에는 일을 '잘'하기 위해

태어난 사람 따위는

단 한 명도 없으니까요.

졸업과 실업이 동시에 발생한 그해 겨울은 추웠다. 인정하기 싫었지만, 나는 실패자로서의 출발을 하게 된 것이다. 이후 3년 동안 열 번의 이직을 하면서 나는 그 사실을 좀 더 깊숙이 받아들여야만 했다. 들은 풍월에는 제대로 자리 잡기 전까지 이리저리 방황하면서 종래에 자기에게 맞는 일에 안착한다고들 한다. 그런 일이 나에게 벌어질 수 있을까?

이력서를 돌리고 발이 아픈 구두를 신고서 면접을 다녔다. 주변에서는 걱정 섞인 조언들이 쏟아졌다. 취업을 포기하고 빨리 임신을 해서 살림만 사는 게 어떻겠니, 따박따박 들어오는 남편 월급을 받으며 절약해서 생활하는 게 더 낫겠다 등등. 어르신들이나 젊은 층이나 할 것 없이 아픈 말을 꺼냈다. 그런 삶의 수고로움, 가사노동의 힘듦을 외면한 채 옛날 조선 시대에서나 볼 법한 전통적인 아녀자의 모습으로 회귀할 것을 바라는 말들을 들으면서, 속에서 뜨거운 것이 느껴졌다. 나도 돈을 벌 수 있는 사람인데, 왜 자발적으로 경력 단절을 해야 하는지 이해할 수 없었다. 나는 내 능력을 외면하고 사람들이 요구하는 모습으로 살아가는 것은, 프레임에 갇힌 수동적인 인생이 되는 길이라고 생각했다. 할 수만 있다면 그런 모습에 한껏 저항하고 싶었다.

나름의 분노로 더 열심히 이력서를 돌렸다. 하지만 연락이 오는 곳은 한 군데도 없었다. 누가 봐도 나는 야망만

넘치는 사람일 뿐이었다. 집에 처박혀서 할 수 있는 일이라 곤 글을 쓰고 인스타그램에 올리는 것밖에 없었다. 글을 써 가며 '좋아요'가 눌리면 인정을 받는 것 같았고, 누군가가 내 글을 읽었다고 말해줄 때는 기분이 하늘로 날아갈 것만 같았다. 처음으로 사회에서 인정받는 무언가가 생기자, 나 는 글을 쓰거나 혼자서 하는 일을 해야 맞는구나, 하고 깨 닫게 되었다. 그때가 서른둘이었다. 혼자서 할 수 있는 일 을 찾아다녔다. 전화번호부 전화 상담원, 블로그 홍보 게시 글 올리기, 댓글 알바 등. 종류가 많지 않았다. 숨고나 크몽 같은 프리랜서 플랫폼을 찾아봤지만, 아마추어 작가에게 주 어지는 기회도 적었다(실은 외주받은 작품에 대한 책임감과 두려움이 더 컸을 것이다. 나는 겁 많은 사람이니까). 나는 집에서 글을 쓰고 방을 청소하는 일밖에 못 하는데 더이상 뭘 해야 할까? ……라고 고민하던 찰나 아차 싶었다. 전두엽 을 스치는 아이디어가 번뜩였다.

어차피 먹고 살아야 할 것이라면

청소 일에 도전해보고,

그걸 글로 쓰면 어떨까?

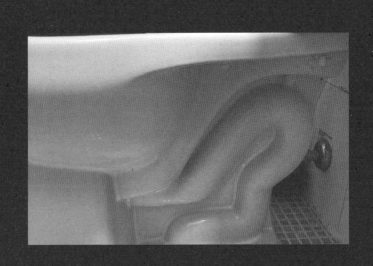

그 나이 먹도록 뭐 하셨어요

청소를 해야겠다고 마음먹었지만, 구체적으로 어디서 무엇을 해야 하는지 정보가 아예 없었다. 쉬운 방법부터 찾아야겠다, 싶어 구글에 '청소 일', '청소 알바', '청소일 시작' 등을 검색했다. 그러는 한편 도서관에서 청소일과 관련한 에세이와 실용서들을 빌려와 읽었다. 이러저러한 말이 많았지만, 공통된 답은 하나였다.

"이 일은 아무나 할 수 없다."

어쩌다 유입된 가사도우미 카페에서는 온갖 경험담들을 찾아 읽을 수 있었다. 자신만만하게 생각하고 도전했다가 고생에 고생을 겪었다는 말부터 온몸이 멍투성이가 되었다는 말까지. 특히 쓰레기 더미가 가득한 소위 쓰레기 집을 만나서 이루 말할 수 없는 고통을 경험했다는 글도 있었다. 비위가 강하지 않고는 오래 버틸 수 없는 것이 바로 이 일이라는 말이 가장 인상 깊었다. 한참 스크롤을 내리다가 부정적인 말들을 읽으니, 단순히 글을 쓸 글감을 얻기도 하면서 생활비도 보탤 요량으로 생각하던 내 생각이 너무 얄팍했다는 후회가 들었다. 이만하면 그만 포기할까 싶었는데, 아뿔싸! 핸드폰에 카드값을 내라는 독촉 문자가 왔다. 아, 더는 낭만을 꿈꾸는 백수 작가로 살 수만은 없었다. 카드값이라도 메울 수 있는 생산적인 사람이 되어야만 했다. 나는 망설임을 뒤로 한 채 구직 사이트를 들어갔다.

그런데 청소일을 하도 많이 찾아서인지 빅데이터로 잡힌 구직 광고가 전부 청소일 뿐이었다. 그중 하나를 클릭했다. '청소 매니저 구함. 시급 14,000원' 그 광고대로라면 두 시간만 일해도 28,000원을 벌 수 있었다. 만약 다섯 시간을 일하면 70,000원이었다. 적은 시간만 일해도 카드값을 벌 수 있었다. 조금 전까지만 해도 망설였던 나는 어디로 가고, 곧바로 청소일에 돌입할 태세를 갖추게 되었다. 구직 광고는 청소 어플 업체가 올린 것이었는데 바로 그 업체의 어플을 다운로드 받았다. 화사한 색상의 메뉴가 화면 위로 떠올랐다. 나는 몇 가지 단계를 거친 뒤에 정식으로 청소일을 할 수 있는 교육 일정을 확인했다. 청소를 하는데 교육까지 받아야 하나 싶어, 다른 업체의 어플을 다운로드 받았다. 이번에는 청소의 종류가 너무 많았다. 입주 청소, 사무실 청소, 에어컨 청소 등. 청소에도 종류가 많고 전문가의 영역이 다르다는 것을 새삼 깨달았다. 이렇게 세분되어 전문적으로 청소를 하기에는 햇병아리 청소부인지라, 차라리 첫 번째로 다운로드 받은 청소업체에서 일하자, 싶었다(물론 훗날에는 두 어플을 다 사용할 정도의 베테랑이 되었지만 말이다). 이 업체에서는 가사도우미 업무만 할 수 있도록 지정하고 있었다. 나는 업체가 제공하는 교육 일정을 확인하고 변덕이 끓어올라 중간에 그만두게 하지 못하는, 최대한 가까운 일정으로 잡았다.

교육 당일, 나는 설레는 마음으로 노트와 펜을 챙겼다. 열심히 교육받고 정식으로 청소일을 하게 될 생각에 낭만이 꽃피웠다. 마치 김예지 작가님의 『저 청소일 하는데요?』처럼 나도 의미 있는 직업을 가지고 나에 대해 고민할 만한 시간이 되겠다고 생각했다. 해당 청소업체에서는 청소일도 전문직이라 하여 청소업체 최초로 집체교육을 실시했다. 그만큼 청소 전문 인력에 대한 자부심을 가지도록, 체계적인 교육을 진행하는 것이다. 하긴, 내가 청소업체에 가입했다고 해서 무작정 청소를 나간다고 한다면 당장 무엇부터 해야 할지 난감해할 것이다.

　나는 교육 시간보다 30분이나 일찍 도착했다. 하지만 문은 굳게 닫혀 있었다. 불도 꺼져 있었다. 설마 정시에 다들 우르르 몰려오는 것인가 싶어, 벽에 등을 대고 쭈그리고 앉아 기다렸다. 10분, 20분, 30분. 어느덧 한 시간이 지났는데 개미 새끼 한 마리도 보이지 않았다. 의아한 마음이 들어, 어플을 켜서 교육 담당자의 전화번호를 알아냈다.

　"안녕하세요, 담당자님. 지금 교육장 앞인데 아무도 안 오고, 너무 이상해서요. 아직 출발 안 하셨나요?"

　"네? 무슨 소리예요. 오늘은 교육이 없어요!"

　"아니에요. 오늘 날짜로 신청했는데……."

　"가만있어 보세요. 양단우님, 어떻게 하면 좋아요. 다음 주 교육을 신청하셨어요."

　알고 보니 너무 들뜬 나머지 교육을 신청한 것, 그리고 장소만 확인했지 정작 가장 중요한 교육 날짜는 확인도 안 한 것이었다. 정말 미련하지 않은가! 나는 담당자에게 다음 주에는 시간 맞춰서 꼭 오겠다고 약속을 하고 교육장을 나왔다. 속으로 별의별 생각이 다 들었다.

'교육 일정도 제대로 확인 못 해서 시작부터 스텝이 꼬였네. 앞으로 잘할 수 있을까? 이런 것 하나 제대로 못해서 덜렁이인데 청소일은 잘할 수 있나 몰라. 이 나이가 되어서 몸만 큰 어린애 같네. 쯧쯧.'

다음 주가 되자 교육장에는 사람들이 붐볐다. 교육장 입구에서 복도까지 환한 불빛이 반겨주고 있었다. 적당한 자리를 찾아 앉고 주변을 둘러보았다. 모두 엄마 또래의 주부층들이거나 나이가 조금 있는 경우에는 머리가 희끗희끗한 분도 있었다. 사람들은 힐끔힐끔 나를 쳐다보았는데 대충 '젊은 사람이 여길 왜 와?'라는 눈치 같았다. 저 멀리서 내 이야기를 하는 것을 얼핏 들은 것도 같았다. 머쓱한 기분이었지만 어쨌든 중요한 건 오늘 받는 교육이라고 생각하고 말았다.

교육 시간이 되자 밝은 앞치마 차림의 담당자가 들어왔다. 그는 오늘 하루, 청소에 관한 모든 교육을 받을 거라고 말했다. 모든 청소를 하루 만에 다 알 수 있을까 싶은 생각이 굴뚝같았지만, 정말로 그러했다. 하루 만에 나는 청소의 신이 되어 있었다.

가스레인지 후드는 망을 꺼낸 뒤 중성세제가 풀어진 물에 담그면, 박박 문질러 닦지 않아도 땟물이 저절로 빠진다. 가스레인지 사이사이도 점화구에 물이 닿지 않게끔 하여 중성세제를 풀어둔 물을, 부드러운 스펀지로 살살 닦고서 젖은 행주로 닦아낸다. 싱크대 하수구는 베이킹소다와 구연산을 부어둔 뒤 물을 부어주면 물곰팡이가 단숨에 사라진다. 창틀 사이에 중성세제 물을 풀어둔 뒤 휴지를 길게 깔아두면 창틀의 때를 흡수한다. 고무장갑이나 일회용 니트릴 장갑을 끼고 침구를 싹싹 쓸어내면 먼지가 전부 접착되어 나온다. 이런 건 나도 집에서 써먹을 수 있겠구나 싶을 정도로 실용적인 것들만 배웠다.

빨래 개기 실습을 할 때도 일률화된 빨래 개기 방법을 배웠다. 어른들은 역시 인생 내공이 남달라서 그런지 몰라도 손놀림이 아주 수준급이었다. 나는 한참 뒤처졌지만 끙끙대며 열심히 빨래를 갰다. 반대로 청소회사의 어플에서 일거리를 잡고 맵으로 이동하여 고객님의 집으로 가는 실습에서는 내가 최고가 되어 있었다. 젊은 처자 이거 어떻게 해, 부터 시작하여 여기 언니 도와줘 까지. 나는 이리저리 돌아다니며 어플 사용법을 알려 드렸다. 이러고 보니 방구석에 드러누워 유튜브를 보면서 단련한 손가락 기술이 여기서 쓰이는구나 싶었다. 역시 젊은 사람은 다르네, 하는 말들이 오갈 때마다 방구석 신공을 단단히 쌓아 올린 내가 자랑스러웠다.

교육이 다 끝나고 나니 막상 불안한 마음이 샘솟았다. 교육을 받았다고 해서 바로 일을 잘하는 능력이 생기는 건 아니기 때문이다. 담당자님에게 말씀드리니 재교육을 받을 수 있으니 고민해보라고 말했다. 예행 연습은 출중한데 실전에서는 나약한 꼴이라니. 결국엔 회사의 청소 서비스를 결제했다. 한국어가 어색한 외국인분이 청소 매니저님으로 오셨다. 나는 청소가 필요해서 부른 것이 아니라, 청소하는 방법을 몰라서 부른 거라고 말했다. 청소할 준비를 단단히 하시던 매니저님은 무척 당황하셨다. 그렇지만 어디부터 시작해서 어디를 어떻게 청소해야 하는 것인지를 꼼꼼하게 알려주셨다.

"먼저 주방부터 청소한 다음에 화장실을 청소해요."

"청소기는 꼭 손걸레질을 하고 난 뒤에 돌려야 해요. 그래야 위쪽에 있던 먼지가 밑으로 떨어져서 청소기가 다 빨아들이니까."

"청소할 때는 양말을 신고 다녀야 고객들이 안 찝찝해해요."

시집살이하는 것처럼 매니저님의 뒤꽁무니를 쫓아다녔다. 그분이 하는 말이라면 토씨 하나 안 틀리고 정확히 필기하려 애썼다. 확실히 교육만으로는 부족한 부분이 많았다. 우리집 청소를 하라고 하면 참 쉬울 텐데, 남의 집 청소는 가이드라인이 필요할 정도로 신경을 써야 하는 것이었다.

이쯤 되니 나 같은 인간을 써줄 사모님이나 있을까 싶은 마음이 들었다. 첫날 잘리는 건 아닐까? 만약 다른 사람의 일이라면 '괜찮아, 너는 분명 잘 해낼 거야'라고 빈말이라도 해줄 텐데, 막상 내 일이라고 하니까 무서워 죽을 것만 같았다. 내 방 꼴만 보더라도 한심한 상황인데, 남의 집 살림을 개판 오 분 전으로 만들어 버리면 어떡하지? 매니저님이 가르쳐주신 건 현관문을 닫고 나가면서 몽땅 날아가 버렸다. 나는 바보 멍청이야! 내가 세상에서 할 수 있는 일이 무엇일까? 사실 나는 아무것도 못 하는 사람으로 태어난 건 아닐까?

불안감이 마음을 덮어 버린다. 그래도 청소일 중에서 가장 기본부터 시작했으니, 끝장은 봐야겠지 않을까 싶었다. 지금까지 때려치우거나 잘린 직장들만 돌아보더라도 더는 물러설 곳이 없지 않은가.

그래서 그 나이 먹고 뭐 하셨어요, 라고 묻는다면 모기처럼 열심히 살아남으려 애쓴 것밖에 없어요, 라고 대답할 수밖에 없다. 불안감을 견뎌내고 하루하루를 살아내는 것. 그런 부끄러운 고백이 내가 할 수 있는 최선이다. 하나같이 실패투성이인 삶 말이다. 이 나이가 될 때까지 나는 불안 속에 끊임없이 흔들리며 이룬 것 없이 살았다. 누구의 탓이라면 누구의 탓이고, 내 탓이라면 내 탓이겠지만, 이제와서 그것을 따져본들 대체 무슨 소용이 있겠는가. 과거야 어쨌든 간에 지금의 나는 스스로 패배자라는 사실을 받아들이고, 청소일을 시작해야 하는데.

실패의 연속선상에서 유일하게 성공할 수 있는 일일지도 모를 청소일을.

청소는 실패하지 말아야지.

청소일을 그만둔 후로, 오랜만에 문화생활을 다시 시작했다. 문화생활이란 곧 방구석에서 넷플릭스로 드라마를 보는 것이다. 청소일을 할 때만 해도 이렇게 드러누워서 드라마를 볼 새가 없었다. 한 집을 청소하면 최소 세 시간에서 최대 다섯 시간을 보내고. 하루에 두 집을 돌고 오면 노을이 한참 전에 지고 난 어두운 밤 중이었다. 프리랜서라고 하지만 쉴 수도 없고 그렇다고 떼돈을 버는 것도 아니고. 참 재미난 인생이지 싶었다.

수많은 드라마 중 〈나의 아저씨〉라는 드라마를 켰다. 아이유와 이선균이 주인공으로 나오는 드라마인데, 우리 주변의 이웃을 들여다보는 것처럼 서사의 흐름이 깊고 잔잔한 분위기가 아주 예술이다. 등장인물 중 두 형제들은 드라마에서 감초 역할을 톡톡히 한다. 형 박호산은 회사에서 구조조정을 당하고 이혼을 요구하는 아내와 별거 중이다. 동생 송새벽은 한때 천재 감독 소리까지 들었지만, 장편영화 촬영 중 제작사로부터 투자를 회수당해 지금껏 무직이다. 누가 봐도 답 없는 인생들이지만 조금만 둘러보면 비슷한 처지인 사람들이 우리 곁에 꼭 한두 명씩은 있다. 그게 나일지도 모르고. 이 형제들은 자기 처지를 비관하기보다 "아 몰랑 배 째" 정신으로 하루하루를 유쾌하게 살아간다.

어느 날 그들은 같이 어울리던 친구로부터 청소업체를 인수하고 청소업계로 뛰어들게 된다. 그들도 처음에는 밥벌이를 할 수 있다는 희망에 차올라 성실히 일한다. 시간이 지나면서 현실에서 맞닥뜨리게 되는 다양한 문제 속에서 인생사에 대한 깊은 고뇌를 시청자들에게 안겨 준다. 악덕 건물주가 새 구두에 먼지가 묻었다는 이유로 형의 무릎을 꿇리고 협박을 가한 것, 그런데 그 모습을 어머니가 복도 끄트머리에서 다 듣고 있었던 것, 술 취한 사람의 토사물을 치우는 것 등.

많은 시청자는 메인 플롯을 따라 주인공의 감정선에 빠져들고 있었지만, 과거 청소업계에 몸담았던 나로서는 형제들의 스토리에 마음이 더 갈 수밖에 없었다. 형과 동생이 매주 같은 지점에서 토를 하는 인간 때문에 곤욕스러워할 때도, 나는 지난번 청소일을 갈 때 변기에 똥을 싸고 물을 내리지 않던 집이 떠올라 한숨을 쉬었다.

이처럼 청소일에서 묻어나온 감정을 공감할 수 있다는 것. 이건 얼마나 꿀 같은 일인가! 〈나의 아저씨〉를 보면서 청소를 하고 먼지를 뿌옇게 뒤집어쓴 송새벽, 박호산이 가장 매력적이라고 생각했다. 이 콤비를 보면서 "아, 나도 누구랑 같이 청소했으면 조금은 덜 힘들고 재미있었을 텐데" 하는 아쉬움도 들었다.

실은 청소일을 막 시작했을 무렵, 시어머니에게 협업을 제안해 봤다. 청소일이 조금 익숙해질 때쯤같이 청소회사를 창업하는 게 어떻겠느냐고. 우리는 머리를 맞대고 계산기를 두드려 봤다. 네 시간 청소에 일당 4만 8천 원. 이걸 두 명분으로 나누면 2만 4천 원. 그렇게 된다면 차비 빼고 식비 빼고 하면 일 인분의 인건비도 안 남겠다 싶었다. 머릿속에서 무리입니다, 라는 경광등이 울린다.

가족끼리의 팀플레이 협상은 결렬되었지만, 우리는 매일 밤 회의를 열었다.

"오늘 그 집 상태 어땠니?"

"어휴. 진짜 나, 물 먹이려고 일부러 어질러 놓은 거 같아요. 완전 이거나 먹어라, 하는 식으로요. 정말 난장판이라니까요."

라며 서로의 일과를 나누고 주중 청소 스케줄을 공유했다. 같은 직종에 있는 사람끼리 마음이 잘 맞고 눈빛만 봐도 딱 알아채는 얘기를 할 수 있는 게 재미있었다. 우리는 함께 깔깔거리며 아줌마 수다를 꽃피워 갔다. 그러면서 우리는 절대 그렇게 물건을 널려 놓으며 살지 말자고, 수납 용품을 사 와서 정리 정돈을 실천하고 얘기했다. 그래서 조금이라도 힘이 날 때마다 집을 다 엎어서 정리를 꼼꼼히 했다. 방바닥에 머리카락 한 올, 먼지 한 점도 눈에 띄면 우리 손에 아주 죽는 거였다.

생각해 보니 재밌는 것은 친정어머니나 시어머니나 청소업에 종사한 것은 매한가지인데, 둘의 태도가 판이하다는 것이다. 친정어머니도 청소부였다. 그녀는 언제나 더러운 꼴을 보면서 일을 해야 한다고 욕을 해댔다. 자신의 처지를 비관하면서 말이다. 예전에 어머니가 일하는 회사에 놀러 간 적도 있었는데 어머니의 표정은 그리 밝지 않았다. 퇴근 후에는 더욱 그늘졌지만. 어머니의 눈가는 항상 촉촉했다.

그런가 하면 우리 시어머니 김 여사님은 날개를 달은 듯 훨훨 날아다닌다. 여기저기서 사모님들이 와 달라고 아우성친다. 밀려드는 예약 때문에 이제는 일정을 조율해 가면서 스케줄을 관리해 계신다. 김 여사님의 표정은 언제나 해바라기처럼 환하고 밝다. 썩어빠진 동태눈깔을 한 나와는 달리, 상대방에게 생기를 주는 눈을 가지셨다. 활력 넘치고 긍정적인 생각으로 청소를 해나가니, 사모님들도 만족도가 200%나 된다.

"어휴. 사탕이네가 또 와달라고 하네. 이날은 엘지빌리지 가야 하는데. 어쩌지?"

냉장고 옆에 붙여놓은 화이트보드 스케줄러를 보며 고민하는 김 여사님의 모습이 아름답다. 그래요, 우리는 따로 국밥이지만 이렇게 한마음으로 팀플레이를 하고 있는 것이지요! 시어머니가 열심히 사는 모습을 보고 있노라면 나도 저절로 흥이 난다. 〈나의 아저씨〉의 형제들의 모습이 실제 인물로 전환된다면 아마 시어머니의 모습과 똑 닮지 않았을까 싶다.

시어머니를 통해 '나이대에 맞는 남들 보기에 버젓한 일'을 갖는 게 중요한 것이 아니라, '어떤 태도로 삶을 마주하느냐'가 중요하다는 것을 느낀다. 그 태도 덕분에 내가 청소일을 하든, 다른 직업을 갖든 간에 '나'라는 불변의 존재가 절대 상하지 않기 때문이다.

거듭되는 실패의 연속 중에서 그나마 시어머니의 성공을 곁에서 지켜보며, 인생은 저렇게 살아야지, 라는 위안을 얻는다. 그녀의 태도가 내 안에 1%만이라도 녹아 있다면, 세상 속에서 또다시 실패하더라도 자신에게만큼은 떳떳한 인간이 될 수 있을 것이다. 인생은 마음먹기 나름이라는 말이 참인가 보다.

그래서 청소일을 처음 시작했을 때를 돌이켜보면 생각보다 잘 적응했지, 싶다. 지금까지 다닌 그 어떤 직장들보다도 가장 잘.

이 나이가 되어
삶을 긍정할 줄 알게 되니
정말 다행이다.

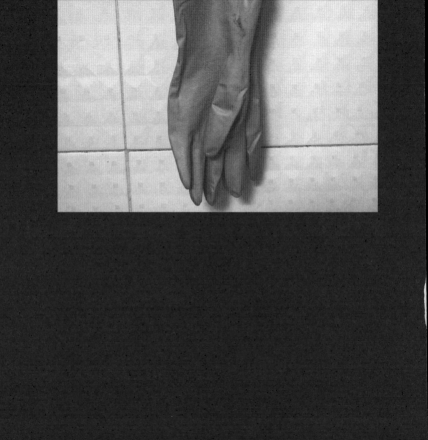

적성이냐 생존이냐 그것이 문제로다

"이거 제 적성에 맞을까요?"라고 담당자에게 물었다. 나는 취업성공패키지 담당 창구에 앉아 적성검사 결과를 듣고 있었다. 담당자는 나에게 여러 직업을 소개해주었는데 나는 확신이 서지 않아 이렇게 질문을 했다. 담당자는 글쎄요, 라고 갸웃거리며 말했다.

"그건 단우 씨 본인이 더 잘 알겠죠."

인생에 정답도 없고 그렇다고 해답도 없고, 풀이도 없으니 내가 지금 잘살고 있는 건지 확신이 서지 않을 때가 있다. 취업을 준비하면서는 불안감이 거세게 닥쳐오고, 그런 감정에 더욱 자주 휩싸였다. 불안으로 시간을 낭비하다간 인생이 완전히 끝장나 버릴 것만 같아서, 취업성공패키지를 등록했다. 최저임금만이라도 버는 사람이 되고 싶었다. 여기서는 직업적성검사를 하여 구직자에게 알맞은 직업을 권유하고 실제 일자리에 취업까지 시켜주는 일대일 매칭을 하고 있다고 말했다. 나는 일련의 과정을 거치고 나면 내가 인생을 잘 살 수 있는 생업을 찾는 데 도움이 되리라 기대했다. 배정된 담당자와 이런저런 얘기를 나누며 진지하게 진로를 탐색해 나갔고, 결국에는 취업에 성공할 수 있었다. 물론 2주 만에 때려치웠지만.

　청소일은 육체노동이기 때문에 마음이 정화되는 느낌을 받았다. 복잡한 이해관계와 사내 정치에 휘말리지 않아도 되었고, 오로지 내가 해야 하는 일에만 집중할 수 있었다. 내가 잘살고 있는지 고민할 여유 없이 청소에 몰입해야 했기 때문에 취업성공패키지를 통해 취업을 준비하던 때와는 완전히 다른 세계에 뛰어든 것만 같았다. 치열한 노동 현장은 가정마다 달라서 언제나 단단히 각오하고 씩씩하게 임해야 했다. 내가 잘할 수 있을까, 이게 내 적성에 맞는 일일까 라고 고민하는 시간에 걸레를 짜고 신속하게 먼지 제거를 해야 했다.

　마침 오늘 간 집은 청소에 온전히 집중해야 했다. 남성 혼자 사는 자취방이었는데 실내에서 흡연을 했는지, 페트병에 꽁초와 가래침이 뒤섞여 있었다. 적성을 찾을 그 시간에 나는 이물질을 페트병에서 분리해야만 했다. 나는 고무장갑을 끼고 미션에 돌입했다. 페트병은 반드시 물로 깨끗이 헹군 뒤 겉면의 비닐은 일반 쓰레기에 버려야 한다. 헹구어 낸 페트병은 납작하게 눌러서 뚜껑으로 잠근 뒤 분리배출을 해야 한다. 비우고, 헹구고, 분리하고! 삼박자가 맞아야 한다. 그렇지 않으면 과태료가 부과된다.

그렇지만 썩을! 이걸 훌륭하게 수행해 내는 집이 별로 없었다. 페트병들에는 침, 꽁초, 정체 모를 액체 등이 진갈색으로 둥실둥실 떠다니고 있다. 이걸 일일이 손가락으로 다 빼내서 분리 배출을 하는 것이 내 역할이다. 나중에 가서는 화가 나서 페트병을 칼로 오려버리고 만다. 페트병의 배가 갈리게 되었지만, 그로 인해 나는 정시에 청소를 마무리할 수 있게 되었다. 그래도 페트병은 양반이다. 소주병에 꽁초가 들어가 있는 걸 보면, 꽁초 넣은 사람의 뒤통수를 한 대 팍 때려주고만 싶다.

자신도 수습하지 못할 일을 벌여 놓고선, 비용만 지급하면 남이 뭘 어쩌든지 나 몰라라 하는 태도에 대해서는 화가 치밀어 오르기도 한다. 페트병 속에 검지를 넣어 이물질을 잡아당기노라면, 나선형 입구 면에 손가락이 쓸리면서 감각을 점점 잃어갔다. 어떤 사모님은 재활용품을 한 번도 버린 적이 없었다며, '그렇게 버리는 건 줄 몰랐어요'라는 멘트와 함께 고상한 웃음을 보여주기도 했다.

이번에는 주방을 청소할 차례였다. 음식물 쓰레기통이 싱크대 위에 놓여 있었다. 설마, 라는 마음으로 쓰레기통의 뚜껑을 열었다. 순간 나는 깜짝 놀라 뚜껑을 떨어뜨리고 말았다. 그 속에는 시큼시큼한 악취가 뽀얀 연기 같은 것과 함께 일어났다. KF—94 마스크 필터를 뚫고 들어온 악취는 구역질이 날 정도였다. 쓰레기통 안에서부터 구더기가 꾸물꾸물 올라와 밖으로 기어 나왔다. 나는 얼른 뚜껑을 집어 들어 쓰레기통을 봉인했다. 나는 제발 구더기의 숲에서 무사하게 해달라고 기도를 했다.

베란다 청소할 때도 난제가 있었다. 유통기한이 작년 날짜로 찍혀있는 두유 팩 24개 세트가 뜯지도 않은 채로 놓여 있던 것이었다. 이것 역시 두유 팩 하나하나를 가위로 잘라내어 액체를 버리고 물로 헹궈서 분리배출 해야만 했다. 빨래는 산더미가 되다 못해 탑을 쌓고 있었다. 이것이 돌탑이었으면 이 집에서 빨리 나가게 해달라고 빌고 또 빌고 싶은 심정이었다.

　이러니 적성을 생각할 틈이 있었을까. 이 일이 적성에 맞는지 고민하기보다는 눈앞에 모여있는 청소 거리를 치우는 게 급선무였다. 현실에 찌들어 갈수록 내면의 말랑말랑하고 연약한 구석이 점차 사그라들었다.

예전에는 나도 하루에 몇십 군데의 이력서를 돌리던 시절이 있었다. 어쩌다 이력서를 돌리다 면접 제의를 받으면 미리부터 김칫국을 먹고 좋아했다. 이번에도 취업을 준비하며 어디에 지원했는지도 모를 정도로 마구잡이로 이력서를 돌렸다. 그런데 지역 방송국 총무팀에 덜컥 붙어 버렸다. 당장 내일모레 면접을 나오란다. 대책 없이 붙어 버린 터라, 기쁘고 감사한 마음보다는 비상 상황이라는 사이렌이 마음속에서 울렸다.

면접 당일, 발뒤꿈치가 쓸려서 벌겋게 부어오른 것을 감춘 채 검정 구두를 신었다. 조금이라도 배에 힘을 주기만

하면 엉덩이 쪽이 터져 버릴 것만 같은 면접용 치마도 입고서. 뒤뚱거리며 조심스레 방송국으로 갔다. 면접장에는 딱 봐도 나보다 어린 여자들이 스무여 명은 있었다. 그들은 면접대기실이 없어, 복도에 멀뚱멀뚱 서 있거나 테라스에 있는 벤치에 앉아 있었다. 면접장 입구에는 맑은고딕체에 볼드 효과를 준 '면접장'이라는 글씨가 이면지에 프린트되어, 셀로판 테이프로 덕지덕지 붙여진 채 초라하게 달랑거렸다. 나는 화장실로 가 거울 앞에 서서 "안녕하십니까"를 앵무새같이 되뇌었다.

몇 분 되지 않아 면접장 문이 열렸다. 딱딱하게 생긴 면접담당자가 나오더니 면접대기실을 안내해주겠다고 했다. 그를 따라간 곳은 사내 헬스장이었다. 면접 차례가 되면 호명할 테니 여기서 대기하라고 했다. 어떤 사람은 벤치프레스에, 어떤 사람은 러닝머신 위에 쪼그리고 앉아 면접용 멘트를 외워댔다. 헬스장이 면접대기실이라니! 기가 찰 장래의 운명이여. 앞날이 거지 같을 것임을 충분히 직감할 수 있었다.

그렇게 한 30분은 기다린 것만 같았다. 나는 면접을 포기하고 집에 가서 수면 바지로 갈아입고 싶은 마음이 굴뚝같았다. 곧 문이 열리고 담당자가 내 이름과 또 누구누구의 이름을 불렀다. 우리는 그를 쪼르르 따라나섰다. 같이 면접

온 사람 중에는 대기업 간부의 자녀도 있었다. 아니면 이 방송국의 사업 확장 예정 중인 부문에서 미리부터 경험을 쌓아온 사람도 있었다. 아무 것도 아닌 나는 지원 동기 정도만 질문받고 그 이상의 질문은 없었다. 패배감이 물밀듯이 몰려왔다. 이력서를 천천히 살펴보던 면접관이 나만 너무 소외시킨 것이 뻘쭘했는지 질문을 했다.

"단우 씨는 이 일이 왜 적성에 맞는다고 생각하세요?"

나는 사무관리를 담당하는 학과를 나왔으며 관련 업무를 어떤 조직에서 수행해 왔고 어떤 결과를 얻어 조직에 기여했는지 설명했다. 그렇지만 속으로는 헬스장에서 대기하는 직장은 내 적성에 맞지 않는다고 생각했다.

적성에 맞는 일이 뭐예요? 당신은 적성에 맞는 일을 하고 있나요? 나는 이런 곳에서는 내 적성을 찾고 싶지 않아요. 게다가 나는 마흔이 다 되도록 내 적성이 무엇인지 도무지 모르겠어요. 이 직장이 내가 적성을 찾을 수 있을 만한, 그런 가치 있는 곳이라고 생각하세요?

그렇다면 구직자의 적성을 묻기 전에
이 직장이 먼저, 모두의 적성에 들어맞는
그런 훌륭한 직장이 되어야 하지 않을까요?
면접대기실이 헬스장인 곳 말고요.

열다섯 살 때, 적성 타령을 하며 공부를 하지 않았다. 공부란 건 기성세대의 제도권에 들어가기 위해 경쟁하는 한 방편이라고 생각했기 때문이다. 그리하여 평균 40점대. Low—Class 멤버에 속하게 되었다. 고급지게 포장했지만, 학교에서 방출시키긴 좀 그렇고, 학력 수준은 미달하는 소위 기초학력보충반이었다. 나는 책을 좋아해서 책을 많이 읽었는데, 독서량과는 달리 성적이 안 나오니 담임 선생님에게도 꽤 골머리를 앓을 법한 녀석이었다. 책을 읽고 똑똑한 척 해봐야, 성적으로만 모든 것을 판단하는 세상이니 결국 나는 꼴통일 뿐이었다.

나는 내 인생에 한 톨도 도움이 되지 않는 학교 공부를 너무나 싫어했다. 주입식 교육으로 내 머리를 억지로 채워봤자 인생을 변혁시킬 뭔가가 나오는 것도 아니라고 생각했다. 학교가 아닌 곳에서 나만의 고유한 길을 찾고 싶었다. 고등학생이 되어서도 이 생각에는 변함이 없었다. 한결같이 저학력 수준을 유지하면서 자아 성찰과 적성 탐색의 목소리를 높였다.

그러나 당시 내 주변의 적성은 두 가지뿐이었다. 공부를 파고들어서 명성 있는 대학교에 입학을 하거나, 애초에 실용적인 기술을 빨리 터득하여 취업하는 것 말이다. 다른 방법은…… 글쎄다. 인생에 관해 계속 목말라하는 십 대 소녀가 이 두 가지 외의 것을 상상할 수 있었을까? 부모도, 선생도 미래라는 것에 고개를 돌려버린 마당에.

집은 언제나 가난하고 힘겨웠다. 그렇지만 나는 머리에 이상만 가득 찼지, 현실을 볼 줄은 몰랐다. 모텔 청소부였던 친정어머니는 이런 나에게 "지랄한다"라고 했다. 적성 어쩌고 지랄할 시간에 공장에 취업해서 돈이나 벌어 오라고 했다. 어머니는 밤새 객실 청소를 했는데, 때로는 중간에 일하다가 튀는 사람이 발생하거나 휴무를 잡아버린 사람들 때문에 24시간이 넘게 일을 하기도 했다. 어머니의 쉰내 나는 옷을 보면서 나는 쉰내 나게 살지 않겠다고 생각했다. 쉰내 나는 인생 따위. 내 적성을 찾아 반드시 저렇게 살지는 않으리라.

많은 시간이 흐른 후, 그 쉰내가 조금은 익숙할 때쯤이라야 적성 찾기를 그만둔 것 같다. 옛날의 그 쉰내가 내 몸에서 나는 걸 느꼈을 때, 더는 적성 같은 건 세상에 없다는 걸 깨달았다. 통장이 텅장이 되고 당장 오늘 저녁에 뭘 먹어야 할지 고민하는 상황에서 적성을 따지다가는, 굶어서 사망해 버리는 게 적성에 꼭 맞겠다 싶었다. 내 적성은 창의적이고 생산적인 일을 하는 것이었으나, 재능도 노력도 평타치인 사람에겐 신기루와도 같은 낭만과 환상일 뿐이었다.

아무리 꿈이 화려해도 삶은,

쉰내 나는 일상을 견뎌야

내일을 그릴 수 있으니.

그럴더라도 내가 행복해지기 위해서는

이깟 쉰내 나는 일상쯤은 충분히 견딜 수 있다.

인내심은 내게 가장 최적화된 적성이다.

마치 소명에 꼭 들어맞는 일, 희열을 느끼고 삶에 감사할 수 있는 일. 나는 그것이야말로 진정성 있는 '적성에 맞는 일'이라고 생각한다. 10대에 품었던 그 혼란이 30대가 넘어서도 현재진행형으로 남아 있는데, 나는 대체 무얼 해야 적성에 맞는 일을 발견할 수 있을까?

셸 실버스타인의 『어디로 갔을까 나의 한쪽은』(분도출판사, 1977)은 나의 여정과 닮아 있는 듯하다. 불완전한 나를 완전하게 해줄, 풍요로움을 안겨줄 일을 찾는 여정 말이다. 노동이라는 것이 그저 단순히 먹고 살기 위해 아등바등하는 것이 아니라 그 이상의 의미를 담았으면 좋겠다.

오늘도 '이 일이 내 적성에 맞을 거야'라고 최면을 걸면서 변기를 박박 문지르고 있다. 샤워부스를 청소하기 전에 물때를 불리려고 수도꼭지를 돌렸다. 그런데 하필 손에 잡힌 샤워기에서 물이 나오는 게 아니라, 내 머리 위의 해바라기 샤워기에서 물이 쏴 하고 쏟아졌다. 얼른 수도꼭지를 돌렸다. 하지만 때는 늦었다. 머리는 물론이고 티셔츠, 앞치마, 속옷까지 모두 다 축축해졌다. 바짓가랑이 사이로 물이 주르륵 흘렀다. 티셔츠 안을 들여다보니 땀에 찌든 옷 냄새와 함께 쉰내가 풀풀 올라왔다. 일을 끝내려면 아직 2시간은 더 일해야 하는데 어쩌지?

이걸 어떻게 해야 하나 싶었는데, 고개를 돌리다 문득 거울에 비친 내 모습이 눈에 들어왔다. 머리는 미친년 산발한 것처럼 잔뜩 뒤엉켜서는, 콧방울까지 물이 질질 흐르고 있고, 땀인지 물인지 모를 액체들이 머리카락 끝에서 어깻죽지로 똑똑 흐르고 있었다. 순간 황망한 웃음이 터져 나왔다. 내가 왜 이러고 사는가 싶은 현타가 왔다. 청소를 처음 했을 때는 이러지 않았는데. 현실은 완전히 요지경이구나 하고 생각되었다.

이 일을 처음 시작할 때만 해도 정리 정돈을 잘했을 때, 고객들로부터 잘 해줘서 고맙다는 평가를 들으면 신명이 돋았다. 청소업이 나랑 잘 맞는구나 싶어 이걸 평생 직장으로 삼아야지, 내 진정한 적성은 청소야, 따위의 말들을 하고 다녔다. 이렇게 하루, 이틀, 그리고 한 달쯤 지나고 보니 그렇게 생각한 내가 참으로 철이 없었구나 싶었다. 영혼을 갈아넣어 때 빼고 광내고 하면 솟아오르는 보람 같은 건 찰나의 것에 불과했다. 청소가 끝나면 깔끔한 남의 집과 초라한 몰골의 자신만이 남게 되었다.

이런, 청소가 적성에 맞는 일이었나 싶었는데 아니었나 보다. 이건 그냥 먹고 살기 위한 방편에 불과했구나. 뒤늦게 이걸 깨닫다니, 나는 어떻게 해야 하나? 이런저런 생각을 뒤로하고 수건으로 얼굴에 묻은 물기를 닦았다. 수건에서 시큼시큼한 냄새가 나서 다시 쳐다보니, 수건이 아니라 걸레였다. 내가 더러워졌다고 해서 걸레로 나를 닦으려 하다니, 내 무의식도 현타가 왔나 보다. 알곡기에 들어간 것처럼 자신이 모조리 탈탈 털려진 것만 같다. 언제쯤 내게 꼭 맞는 일을 찾을 수 있으려나. 청소가 끝나면 내 적성에 대해 다시금 고민해봐야겠다.

아직 나는 방황할 시기가 맞나 보다.

버티는 게 답일까
· · · · · · · · · ·

때로는 버티는 것이 정답이다, 라는 말
을 듣기도 한다. 내가 너무 많은 직장을 옮겨 다니다 보니까
그런 말을 듣는 것이다. 하지만 버티면 무엇이 나아질지 잘
모르겠다. 또한 이렇게 버틴 것을 언제쯤이나 보상받을 수
있는지도 의문이다. 죽는 순간에라야 비로소 보상받을 수
있는 것일까? 별의별 생각을 하던 찰나, 고객이 물건을 카운
터에 내민다.

　　"계산이요."

　　"2,500원입니다. 적립이나 할인 카드 있으세요?"

　　"없는데요."

"결제는 뭐로 하시겠습니까?"

손님은 검지와 중지에 낀 카드를 내민다. 마치 닌자의 표창검처럼, 손가락 사이에 야무지게 끼워둔 신용카드. 나는 아무 말 없이 손가락 사이에서 카드를 빼어내 결제한 다음 공손하게 두 손으로 카드를 내민다. 손님이 떠나가고선 옆에 있던 알바생이 뭐 저런 사람이 있느냐며 욕을 한다. 예의를 어디에 말아 먹었는지 모르겠다. 나는 진상 손님의 뒤통수를 한껏 째려보며 입술을 비쭉거렸다. 이제는 내 인생이 밉다 못해 남의 인생까지 미워지려고만 한다.

첫 번째 직장의 적응 실패 후, 한 달간의 취업 준비 끝에 대기업 리테일사에 취업하게 되었다. 본사에서 운영하는 편의점의 영업관리직으로 말이다. 취업 성공이라고 말하기엔 애매한 것이, 본사에서는 누구라도 그 자리에 지원하면 무조건 합격시키려 마음먹고 있었다. 그 길로 나는 팔자에도 없던 편의점 점주의 자리에 오르게 되었다. 관리직의 가장 큰 장점은 자신의 자본을 전혀 들이지 않고서도 본사의 지침안에서 점포를 자율적으로 운영해 볼 기회를 얻을 수 있다는 것이었다. 그러니 미래에 '내가 가게를 운영하게 된다면'이라는 상상을 해본다면 이걸 시뮬레이션화 할 수 있는 것이다. 나는 먼 훗날 내 가게를 창업할 마음으로 해당 직업을 갖게 되었다. 나는 대학교에 있는 신규 점포를 담당하게 되었다.

알고 보니 그 점포는 총장님과 윗분들의 사정으로 개업한 곳이었다. 그런 이유로 본사에서도 관리를 깐깐하게 했고, 상사들이 자주 와서 점검해 가는 곳이었다. 게다가 오픈 날 아침에는 윗분들과 대표 이사님까지 오셔서 리본 컷팅식과 개업식을 하기에 이르렀다. 당시 한강에만 설치되었던 라면 셀프조리기를 이 점포에 설치시켜, '이곳은 최첨단, 최우수 점포입니다'라고 광고하기도 했다. 잘나가는 아이돌 아이린의 CF를 촬영하기도 했다. 그때 받은 사인은 어쩐지 아이린의 매니저가 한 것 같지만.

참 별난 곳이었다. 나는 별난 점장이었다. 어떻게 하면 이런 점포에서 버틸 생각을 했을까, 싶어 아직도 미스터리하기만 하다. 같은 캠퍼스 내에 저 멀리 떨어진 점포에서 근무하던 선임은 우리 점포에 놀러 와서 입을 다물지 못했다. 100평 넘는 점포에 점장과 알바생 하나만 일을 하라고 시키다니, 경악할 노릇이었다. 한쪽은 컵라면 및 독서실 존, 다른 한쪽은 카페테리아 존, 바깥에는 테라스 존, 유리 벽면을 둘러싸고 지어진 1인용 바까지. 어마어마한 규모에 놀라며 기겁했다. 나도 마찬가지로 선임의 점포에 놀러 가봤는데 기가 막히고 코가 막혔다. 선임의 점포는 우리 점포의 1/3

수준밖에 되질 않았다. 그래놓고선 선임은 관리가 힘들다며 두 달 만에 사표를 내고 퇴사를 했다.

　나도 그때 함께 때려치웠어야만 했다. 미처 도망치지 못한 죄로 온갖 간섭을 다 받아들여야만 했다. 아침마다 매장에서는 오븐에 빵을 구워 팔아야 했는데, 이 빵 냄새에 취해 몰려드는 손님들로 북적였다. 빵 손님들은 아침이면 우르르 몰려왔다가 오후가 되면 뚝 끊기는 바람에 저녁이면 빵 폐기들이 무더기로 나왔다. 아침에 급하게 빵을 굽다 보니 화상을 입는 건 기본이었고, 안전 수칙을 제대로 준수하지 못해 화상을 입었으니 점장님 잘못이라는 답변만 회사에서 들을 수 있었다. 빵 폐기들은 음식물 쓰레기봉투가 찢어지기 전까지 꾹꾹 눌러서 날마다 2리터씩 배출하곤 했다. 처음에는 어디에 배출해야 하는지 아무도 몰라서, 퇴근할 때 일부러 근처를 뱅뱅 돌면서 인근 주민들이 쓰레기를 버리는 구간을 탐색했다. 골목길의 한 전봇대에 쓰레기가 마구 쌓여있길래 여기다가 버리면 되겠다 싶었다.

　그러던 어느 날, 알바생이 사무실 안으로 들어와 나를 찾았다. 누가 나를 찾는다며 나와 보라고 했다. 나는 CCTV를 보고 깜짝 놀랐다. 청소부 유니폼을 입은 아저씨 한 분이 카운터에 뭘 들고 와 있는 것이었다. 얼른 달려갔더니 그 아저씨가 내 얼굴에다 음식물 쓰레기 봉투를 확 던지려고 시늉했다. 너무 놀라서 비명을 지를 틈새도 없었다.

"이거 네가 버렸냐?"

"네?"

"너 때문에 고양이 새끼들이 밤새 다 파먹어서 물이 질질 새잖아. 씨발!"

지금 같았으면 나도 가만히 당하고만 있지는 않았겠지만, 당시에는 낯선 중년 남자의 욕설에 어떻게 대응해야 할지 몰라 멍하니 있었다. 씨발이라니. 처음 보는 사람에게 이런 상스러운 욕을 먹을 정도로 잘못한 일인가. 꼼짝없이 얼어붙은 채 입을 꾹 다물고 빤히 보고만 있자, 아저씨는 등 돌려 휙 나가버렸다. 내가 뭘 잘못했지? 음식물 쓰레기를 제자리에 버린 것이 쌍욕을 먹을만한 일인가? 머릿속이 하얗게 질려 버렸다. 나는 단지 돈을 벌기 위해서 이 일을 한 것일 뿐인데, 자기 마음에 들지 않는 행동을 했다고 해서 욕을 먹어야 하나? 알바생들, 손님들 등 많은 사람이 나를 쳐다보고 있었다. 순식간에 이 우주에서 가장 조그마한 사람이 된 느낌이었다.

하지만 이건 양반이었다. 하다못해 건물에 근무하던 파견직 경비원까지도 간섭을 일삼았다. 그는 한가한 건물 사이를 왔다 갔다 산책하다가도 툭하면 점포로 들어와 "오늘 매출 얼마 나왔어?"라는 헛소리를 해댔다. 언젠가 한 번은 "있잖아, 장사를 잘하려면 말이야."라고 마치 자신이 장사의 신이 된 것처럼 훈수를 두기도 했다. 처음에는 어른이 하는 말이니까 잠자코 듣기만 했는데, 나중에는 이골이 나 버려서 웃는 얼굴로 인사하며 바쁜 척 뛰어가 버렸다.

청소부 아주머니들도 열 명 가까이 단체로 몰려다니면서 "왜 아가씨는 디씨 안 해줘? 우리가 이렇게 많이 사주는데?"라고 곤란하게 만들었다. 이건 제 장사가 아니라 회사에 운영하는 거라서 저는 권한이 없어요, 라고 변명해봤자 그들은 우르르 몰려왔던 것처럼 금세 우르르 빠져나갔다.

교수님들과 조교들도 매일같이 얼굴을 보는 사이인데 자기 커피 취향도 모르냐고 농담하듯 타박하는 분도 있었다. 어떤 교수님은 장사하는 년이 사근사근하게 말을 안 한다면서 계산 중이던 빵을 집어 던졌다. 안 사겠다고 고래고래 소리를 지르면서 말이다. 학생 중의 진상은, 어른들에 비하면 순수할 지경이었다. 고객의 소리 같은 게시판에 정직하게 불만 사항을 남겨 놓은 것 정도는, 잘못을 인정하고 시정만 하면 되니까 말이다.

학생들보다는 그보다 어른으로 불려야 하는 인간들. 그러니까 동네 청소부, 경비원, 청소부, 교수, 조교 등. 모든 사람에게 시달리면서 인간이라는 존재에 신물이 났다.

한 꺼풀 들추어 보면 나랑 별다른 것 없이

우스운 인간들 주제에 갑질은 무슨.

네 인생 관리나 잘하세요.

편의점 업무는 다른 일보다 쉽다 라는
속설이 있다. 그렇지만 말이 그렇지, 관리해야 할 것들이 넘
치고도 넘친다. 편의점 일의 속사정은 지옥, 그 자체였다.
실평수 100평이 넘는 점포에 한 타임당 한 명에서 두 명의
알바생과 함께 관리한다는 건 노동 착취나 다름없었다. 그
나마 나까지 해서 총 세 명이 근무하면, 두 명은 새로 온 삼
각김밥과 신선 제품을 진열하고 나머지 한 명은 카운터를
봤다. 하지만 카운터의 계산줄이 어림잡아 서른 명이 넘어
간다면 어떻게 될까?

바코드를 찍고 보내는 행위를 2, 3시간씩 반복해도 줄

지 않는 손님 지옥 속에서, 나는 말라붙은 쪽파처럼 쪼글쪼글해져 갔다. 화장실을 가고 싶어 몸을 배배 꼬아도, 오래서 있느라 발바닥을 칼로 찌르는 고통이 느껴져도, 카운터밖을 나갈 수가 없었다. 사정이 이렇다 보니 온종일 한 끼도 못 먹거나 폐기 삼각 김밥 하나로 하루를 버텨야 할 때가 많았다. 편의점 음식을 먹으면서 피부는 여드름 파티가 시작되었고 건강은 점점 나빠져만 갔다. 꾸역꾸역 하루를 마치고 집에 돌아오면 현관 바닥에 대자로 뻗어선 닭똥 같은 눈물을 흘렸다. 나는 계산하는 AI나 인간 키오스크가 된 것만 같았다. 감정과 시간을 송두리째 빼앗긴 기분. 이루 말할 수 없는 상실감.

마침내 하루의 객수가 300명이 넘어갔다. 그날 나는 하혈이 멈추지 않아 급하게 조퇴했다. 보다 못한 알바 선생님(나는 주부 알바생들에게 '선생님'이라는 호칭을 써드렸다. 또한 그들의 생계에 조금이라도 보탬이 되고자 일부러 나이 있는 주부들 위주로 채용했다)이 말했다.

"점장님, 이런 거 하지 말고 다른 일을 찾아보세요. 어휴. 나이도 젊은데 이런 데서 일하면 몸만 상해요."

"저는 점장님이 식사하는 걸 한 번도 못 본 것 같아요."

"점장님이 그만두면 저도 그만둘 거예요. 그러니까 우리는 걱정하지 말고 빨리 그만두세요."

끼니는 겨우 아침에 커피 한 잔, 점심에 커피 두 잔. 폐기 파티 중에서 상하기 일보 직전인 삼각김밥 하나. 몸무게는 한 달 만에 10kg이 넘게 빠졌다. 그러다 보니 몸이 고장난 신호가 하혈로 온 것이었다.

상사는 객수에 비해 넘치는 폐기를 줄여야 한다, 객수를 늘리도록 홍보를 해라, 우리 둘 다 똑같은 월급쟁이 아니냐, 나도 힘들어 죽겠다, 등의 핀잔을 짧게는 30분 길게는 2시간 동안 해댔다. 아침 7시부터 저녁 9시까지 내 인생은 편의점에서 폐기와 같이 썩어가는 듯했다. 이것도 1년짜리 계약직이었던지라, 눈 딱 감고 1년만 버티자, 라고 다짐했건만 알바 선생님들이 저런 얘기를 할 때마다 앞으로 버려야 할 6개월이 아찔했다. 월급도 시급으로 계산된 최저시급이자 포괄임금제였다. 이렇게 일하고도 수중에 쥐어지는 돈으로는 먹고사는 걸 끊임없이 걱정해야만 하는 형편이었다. 삶은 이렇게 고민만 하고 살다 죽는 것일까 싶었다.

쉽사리 결정을 내리지 못해 미적대던 날. 마침내 여름이 지나고 2학기가 시작되었다. 새로운 학기가 되면서 학생들이 소 떼처럼 몰려들었다. 나와 알바생은 하얗게 질려 버렸다. 경비원에게 물어보니 우리 점포가 있는 건물로, 전 학년의 교양과목 수업이 이루어질 거라고 했다. 그날 계산기 포스에 찍힌 객수가 오백 명이 넘어가는 걸 보고 있노라니 다 나가라고 하고 엉엉 울어버리고만 싶었다.

쉬는 날 찾아간 병원에서 일을 줄이고 쉬어야 한다는 얘기를 듣고 나서야 잘못되어도 한참 잘못되었구나 싶었다. 무작정 버틴다고 해결되는 일이 아니라 가장 먼저 나를 지켜야 한다는 것을 느꼈다. 월요일에 사표를 제출했다. 사표가 수리되기까지도 두 달이 넘게 걸렸다. 회사에서는 대체인력이 없으니 기다려 달라, 아니면 근무하기에 좀 더 쉬운 점포로 이동시켜 주겠다, 이대로 그만두면 1년을 못 채웠으니 경력에 큰 타격을 입을 거다 등등. 절반은 회유로 나머지 절반은 협박으로 나를 살살 달랬다. 어떤 때는 상사가 자택까지 카풀을 해주기도 했을 정도였다.

사표를 제출하고서도 그만두는 것이 당연한데 그것이 맞는 것인지 스스로 의심스러웠다. 대차게 사표를 냈지만, 이 달리기를 멈추는 것이 옳은 것인지 확신이 없었다. 그렇지만 정신과 몸은 이미 다 망가졌고 기본적인 사리분별도

되지 않아 머릿속에는 온통 편의점밖에 없었으니 퇴사를 해야 하긴 하는구나, 라는 생각을 했다. 그렇게 퇴사일을 기다리며 근무하다가 결국 참다못해 여러 질병까지 앓게 되면서 더는 근무하기 어려운 상태가 되었다. 망설임의 시간이 길어질수록 몸은 점점 아파졌고 나는 멈춰 서야만 했다. 그제야 회사에서는 나를 잡고 있던 목줄을 탁 놓아주었다.

편의점에 속박된 유령처럼 부유하는 삶이었다.

직장생활이란 원래 다 이런 걸까?

"청소일을 시작했어요" 라고 하면 다들 엥? 하는 반응을 보인다. 차라리 어렵더라도 공장에서 알바로 전업하는 게 낫지 않겠냐는 의견도 있었다. 물론 그렇게 되면 벌이는 지금보다는 훨씬 나을 것이다. 하지만 코로나19 사태가 벌어져 일자리 자체가 귀한 마당에서는 뭐라도 바로 뛰어들어 몸을 부딪치는 일을 해야만 했다. 그러니 처음에 마음먹었던 대로 청소일을 하면서 글을 쓴다는 건 한낱 낭만에 불과했고, 당장에 청소일로 하루 벌어 하루 먹고 사는 일이 급급했다.

지난 3년 동안 여러 가지 직업을 바꿔가면서 사람과 얼굴을 맞대는 일에 이골이 난 것도 한몫했다. 이제는 사람이 무섭기도 하고 사람과 억지로 어울려야 하는 일도 싫었다. 게다가 뽑아주지도 않을 거면서 오라 가라 하는 회사들을 대하는 일도 매우 짜증이 났다.

청소일의 첫 시작은 사무실이었다. 청소업체 어플에서는 '사무실'이라고 해놓고선 막상 가면 사무실이 아닌 경우가 참 많았다. 말이 사무실이지 그냥 개인 사업장을 다 통칭해서 쓰는 것이었다. 나는 그것도 모르고 당연히 회사 사무실에서 쓰레기통을 비우고 바닥을 청소하는 줄로만 알았다. 도착한 곳은 의외의 장소였다. 바로 피아노 학원이었다. 첫날이라 일부러 30분 일찍 도착했더니 도어락이 굳게 잠겨 있었다. 하는 수 없이 고객님이 남긴 번호로 전화를 걸었다.

"일찍 오셨네요. 금방 나갈게요."

라는 고객님의 목소리가 참 앳되었다. 몇 분 뒤에 문이 열리자, 나와 비슷한 또래의 여성이 나왔다.

"청소하는 분이세요?"

라며 갸우뚱하는 고갯짓에서 깨달았다. 아, 이 나이에 청소일을 하는 건 상당히 의아해 보일 수도 있구나, 하고.

내가 저학력자도 아니고 취업 능력이 없는 것도 아닌데. 어쩌다가 나이를 먹고 면접에서 자꾸만 미끄러지다 보니 인간 세계에 환멸이 나기도 하고, 당장에 먹고 살 궁리를 하다 보니까 청소일을 시작한 것인데. 나는 존귀하고 가치 있는 사람인데. 그런데도 그런 눈빛들은 왜 하나같이 나를 부끄럽게 만드는 것일까.

나는 청소 도구가 잔뜩 쌓여있는 창고로 안내받았다. 청소 구역은 2층과 3층의 복도와 화장실 그리고 계단이었다. 방수 앞치마를 입고 방수 토시를 낀 다음에 업장에 비치된 고무장갑을 끼려고 하니 창고 어느 곳에도 고무장갑의 흔적조차 없었다. 번거롭게 고무장갑을 달라고 하기도 좀 그래서 여분으로 들고 다니는 비상용 고무장갑을 장착했다.

학원은 오래되고 낡은 건물만큼이나 노후화된 시설을 자랑했다. 90년대 아니, 80년대 시설을 그대로 이어오는 것만 같았다. 쓸어도 쓸어도 묵은 먼지는 계속 나오고 닦아도 닦아도 땟국물은 흘러나왔다. 화장실에서는 조준이 빗나간 변기 밑은 물론 타일 사이사이에도 누런 자국들이 흥건했다. 양동이에 물을 콸콸 담아서 변기들 위로 확 뿌렸다.

가장 먼저 변기는 부드러운 수세미로 겉면을 애벌 청소해야 한다. 다음으로는 변기 안쪽을 솔로 닦아낸다. 솔이나 수세미의 거친 면으로는 좌석 부분을 문지르지 않는다. 안 그러면 플라스틱 덮개와 신체가 접촉하는 면에 흠집이 나기 때문이다. 수세미의 부드러운 면이나 스펀지로 군데군데를 꼼꼼하게 닦아야 한다. 이때 팔의 각도를 잘 못 맞추면 고무장갑 밖으로 나온 팔꿈치가 변기 측면에 닿을 수 있으니 조심해야 한다. 나는 고개를 잘못 돌려서 변기와 키스를 할 뻔했다.

옛날식 변기는 배관 모양이 구불구불하게 되어 있다. 이곳도 변기 솔로 대충 문지르면 안 된다. 수세미를 납작하게 눌러 얇게 만들거나, 고무장갑의 손가락 부분의 빨판을 이용해 열심히 쑤셔서 닦아내야 한다. 그렇지 않으면 물때나 곰팡이가 잘 제거되지 않는다. 이걸 할 때마다 정말이지 손가락이 너무 아파서 눈물이 핑 돈다. 요즘에 나오는 변기는 옛날식처럼 구불구불하게 되어 있지 않고 밋밋하게 되어 있다. 이렇게 개조한 사람은 인간적으로 노벨과학상을 받아야 한다.

변기를 청소하고 나면 세면대도 닦아야 하는데, 변기를 닦기 전에 이곳도 애벌 물질을 하는 것이 좋다. 변기 청소 후에 잔뜩 불린 물때를 손쉽게 제거할 수 있기 때문이다. 다만 수도꼭지를 닦을 때 거칠게 하다가 흠집을 낼 수 있으니 조심해야 한다. 거친 철 수세미로 박박 문질러 버리면 자칫 일당보다 수리비가 더 나올 수 있다. 세면대의 물 빠짐 구멍은 두 가지가 있다. 하나는 수도꼭지 바로 아래에 철망 같은 것으로 숨겨져 있다. 이 구멍도 훼손되지 않도록 수세미로 살살 문질러줘야 한다. 강약 조절을 잘해야 청소일을 오래 할 수 있다. 참고로 옛날식 세면대는 뒤쪽이 뚫려 있어 배관에 물이 내려가는 모습이 다 보인다. 세면대 뒤의 녹물 자국이나 곰팡이도 깨끗이 제거한다.

완벽하게 제거하지 못하더라도 '돈값은 했네'라는 느낌이 오게끔 해야 한다.


각 변기룸 안에 있는 쓰레기통을 전부 꺼내서 쓰레기봉지에다 한데 붓는다. 쓰레기통은 중성세제를 풀고 물을 넣은 뒤 나선 방향으로 흔들어 주면 저절로 깨끗해진다.

학원이 옛날식 건물이라 변기실의 위치들이 약간 높게 지어져 있다. 1.5층인 것처럼 지면보다 조금 높게 설치되어 있다. 변기실 안에 있는 물기들을 하나하나씩 걸레질하고 밖으로 짜내어 버리거나 그도 아니면 쓰레받기로 물을 바깥에 퍼 내려야만 한다. 나는 전자를 택했다. 걸레로 닦아내고 양동이에 물을 짜내고 양동이가 차면 물을 하수구에 흘려보냈다. 이 작업만 무려 한 시간 반이 걸렸다. 내가 배정받은 총 청소 시간은 두 시간뿐인데 말이다. 아직 복도 청소를 하지도 못했는데! 나는 힘을 다해 걸레를 짜댔다. 한 오십 번쯤 걸레를 짜고 있으면 손가락에 감각이 사라지는 것만 같다. 마지막으로 변기의 물기를 완벽하게 닦아낸다. 그러면 반짝반짝하고 화장실이 빛나는 것이 보인다. 기분 좋은 세제 냄새도 남고.

이제 남은 복도와 각 층의 계단을 청소해야 한다. 창고로 얼른 달려가 빗자루와 대걸레를 들고 제일 높은 층으로 우당탕 올라갔다. 쓱싹쓱싹! 나는 평소에 치킨을 먹을 때보다도 더 빠른 속도로 청소를 해냈다. 그렇게 30분이 지나자, 'Mission Clear'라는 문구가 눈앞에 두둥실 떠올랐다.

청소가 끝나고 사무실에 돌아와 앞치마를 풀었다. 사무실에 앉아 계시던 원장 선생님이 "젊은 사람한테 고생을 시켜서 어쩌나"라며 뒤적거렸다. 그러다 뭔가를 쓱 꺼내셨는데, 그건 바로 조랭이떡이었다. 원장님이 냉동실에 몰래 숨겨놓은 조랭이떡 말이다. 원장님은 쇼핑백에 곱게 싸 주시면서 이것밖에 없어서 미안하다고 거듭 말씀하셨다. 나는 이렇게 마음을 써주신 것만으로도 감사해서 정중하게 인사드렸다. 아, 비록 힘들지만 버티는 게 이렇게 좋을 때도 있구나. 첫 업무에서 포기하지 않고 끝까지 버텨낸 자신이 대견했다. 사실 내가 떡을 잘 안 먹는 편식쟁이인 건 비밀이지만.

이외에도 학원에서 청소일을 할 때마다 선생님들이 수고했다면서 이것저것 챙겨주셨다. 음료수건, 먹을 것이건 무조건 싸주려고들 하셨다. 같이 점심을 먹자고 허기지지 않느냐고 걱정해주실 때도 있었는데, 바로 다음 청소 일정이 있어 합석은 어려울 것 같다며 거절했다. 번번이 거절하는 것이 죄송스러웠지만, 한편으로 이렇게 마음 써주셔서 감사했다.

편의점에서 일할 때는 직장에서 힘들지만 버티는 것이 과연 답일까 싶었다. 자신에게 물어봐도 답을 잘 모르겠고, 다른 사람들을 괴롭히면서 질문에 대한 답을 찾아다녔다. 그들의 입에서 "그럴 거면 그만둬!"라는 강한 말이 나올 때까지 말이다. 그러다 학원에서 일한 것처럼 인간다운 대접을 받고 존중을 받는 곳에서 있어 보니 비로소 답을 알게 되었다.

버티기는 개뿔!

버틸만한 곳에서 버텨야지.

내 영혼이 닳기 전에 얼른 도망쳐 나오라고.

직장에서 내가 사라지는 기분이 들 때
· · · · · · · · · · · · · · · · · · · ·

"우와! 이게 다 뭐람?"

청소 어플을 통해 매칭된 두 번째 일감은 가정 청소였다. 그렇게 찾아간 집에 도착하자마자 기겁했다. 정말 입이 떡 벌어지게 어마어마한 규모의 집이었다. 높다란 복층과 이어진 천장에는 투명한 샹들리에가 거실을 반짝이며 비추고 있다. 바닥은 하얀색과 아이보리색이 적절히 섞인, 부유함을 상징하는 대리석이었다. 마치 드라마 세트장에서 볼 법한 집이었다. 복층으로 올라가는 계단은 장미 넝쿨무늬의 철제 난간으로 장식되어 있었다. 위층은 거실 크기의 반절 되는 크기의 드넓은 공간이었다. 옆의 쪽문을 열고 나가면

인조 잔디가 깔린 바비큐 파티장이 나왔다. 이런 데서 살면 어떤 기분일까?

집주인이 부재중인 빈집을 청소하면 다들 영화 〈기생충〉을 떠올릴 것이다. 가사도우미가 주인 몰래 낭만을 누릴 수 있을 거라, 그렇게들 생각하기 쉽다. 그렇지만 정해진 청소 시간 안에 모든 일을 해내야 하는 청소부 입장으로선 물 한 잔 마실 시간도 여의찮다. 호사를 누리기는커녕 넓은 집안을 뛰어다니며 잽싸게 청소를 마쳐야 한다.

사모님의 집은 워낙 넓다 보니 신경 써야 할 구석도 많았다. 바닥이 하얀 대리석이라 조금 전까지 청소기를 다 돌려놨는데도 뒤돌아서면 먼지가 눈에 띄게 보였다. 그래서 청소기를 두세 번씩은 더 돌려야 했다. 세탁실에서 막 빨래가 끝난 옷더미를 세 번씩은 옮겨 날라야 했다. 옷도 바닥의 먼지가 들러붙지 않도록 소파 위에 차곡차곡 쌓아 올렸다. 고기를 구워 먹은 기름으로 뒤범벅이 된 인덕션은 중성세제로 가볍게 불린 뒤, 한 번 더 세제 먹은 부드러운 스펀지로 살살 닦아야 했다. 나는 해산물을 먹지 못하는데, 사모님네는 아귀찜과 동태찌개 마니아인 까닭에 먹다 남은 해산물들을 버릴 때면 나도 모르게 헛구역질이 나는 걸 간신히 버텨냈다.

다행히 화장실은 두 개뿐이었다. 화장실 한 개에 삼십 분의 시간이 소요된다고 계산했을 때, 두 개씩이면 약 한 시간은 훌쩍 지나가는 셈이다. 그래도 화장실마다 설치된 샤워부스 유리벽 때문에 1시간에서 일이십 분 정도는 더 걸린다. 샤워부스의 물기 자국을 벅벅 문지르면 팔도 떨어질 것 같고 습기 때문에 어지럼증이 심해졌다. 탈수를 방지하기 위해 중간중간 물을 마시지만, 효과는 그때뿐이었다. 돌아서면 다시 뱅뱅 도는 것이 느껴졌다.

그래도 사모님은 인간적으로 따스함이 있는 분이었다. 매번 포스트잇으로 요구사항을 적어 놓거나 작은 과자 선물을 남겨 놓는 등 성의를 표현해 주셨다. 일주일에 한 번씩 서로의 메모를 교환하면서, 학창 시절에 친구들과 함께 교환 일기를 돌린 기억이 새록새록 나기도 했다.

"정말 깔끔하게 정리해 주셨네요. 감사합니다.^^"

그렇지만 어지럼증이 점점 심해지면서 나를 갉아 먹는 느낌이 들었다. '이 정도는 참을 수 있어. 이것도 못 버티면 나 양단우가 아니지'라고 다짐하며 자신을 다독였지만, 정말이지 괜찮지가 않았다. 이따금 목 주변이 아파지는 걸 느낄 땐 갑상샘에 이상 징조가 보이는 건가 하고 걱정이 되기도 했다. 머리로는 괜찮다고 말하고 있어도 정작 몸은 내가 망가져 가고 있다는 것을 느끼고 있었다. 청소를 하면 할수록 나는 점점 사라지고 있었다.

어느 날 사모님네 화장실을 청소하고 있을 때였다. 비데의 물기를 걸레로 조심스레 닦다가 어떤 버튼을 잘못 눌렀다. 그 바람에 노즐에서 물 폭탄이 쏴- 하고 쏟아졌다. 나는 얼굴이고 뭐고 홀딱 젖어 버렸다. 창피함보다 불결함이 훅 올라왔다. 나는 마른 수건으로 안경의 물기를 닦고, 머리와 몸통 여기저기를 닦아냈다. 물론 방수 앞치마를 착용하고 있긴 했지만, 똥물을 죄다 뒤집어쓴 데 있어선 방수 기능이 별안간 소용없었다. 이걸 계속 착용하고 있으려니 찝찝해 죽을 것 같고, 그렇다고 봉투 같은 데에 둘둘 말아 가지고 가려니 더욱 찝찝했다. 똥물이 튀긴 걸 내 가방에 다시 넣는다고? 하는 수 없이 사모님네의 빨래가 다 끝난 후에 내 앞치마를 집어넣고 쾌속 버튼을 눌렀다. 20분 정도 후에 빨래가 다 돌아가니까 일이 다 끝난 후에 담아가야지!

……라고 생각했건만, 그 집 세탁기에 앞치마를 두고 왔다는 것을 다섯 시간 후에 깨달았다. 그것도 집에 가는 광역버스 안에서 말이다. 미쳤다, 싶은 마음에 버스에서 펄쩍 하차했다. 정류장에서 발을 동동 구르다가 결국 고객센터에 전화해 솔직하게 말했다. 괜히 세탁기를 사용했다고 잘리는 거 아닌가 싶었다. 그렇지만 고객센터에서는 사모님한테 직접 전화해 양해를 구하고 방문이 가능한지 물어보란다. 내가 전화할 거였으면 진작에 했겠지, 너한테 전화를 했겠니?

라는 생각이 들었다. 회사란 중개수수료만 받고선 뒤처리는 제대로 해주지 않는다는 것을 깨달았다.

나는 곧장 사모님에게 전화를 걸었다. 뚜르르 울리는 신호음은 가고 있었는데 정작 전화의 주인은 받을 생각을 하지 않았다. 문자도 보내고 다시 전화를 걸어봤지만 아무 소용이 없었다. 너무 연락을 자주 하면 스토커처럼 보일까 봐 일부러 시간 간격을 5분, 10분 단위로 하였다. 그러면서 동시에 반대편의 버스 정류장으로 향했다. 정류장 너머로 해가 뉘엿뉘엿 지고 있었다. 내 인생도 뉘엿뉘엿 지는 것만 같았다. 그러다가 마침내, 전화를 받는 소리가 들렸다.

[여보세요?]

[저기, 안녕하세요. 사모님! 청소하러 방문 드렸던 양단 우입니다.]

[네. 어쩐 일이세요?]

[죄송하지만……. 아까 청소를 하다가 앞치마를 두고 와서요. 정말 죄송하지만 앞치마를 가지러 방문드려도 괜찮을까요? 오늘 외부 일정이 있으셨을 텐데 너무나 죄송합니다.]

[아아, 그거요. 세탁기에서 빼놨어요. 근처 오시면 연락하세요. 가져다드릴게요.]

[감사합니다!]

전화를 끊자마자 부자 동네로 향하는 광역버스를 기다
렸다. 무려 한 시간에 한 대만 다니는 무시무시한 배차 간격
의 버스를 말이다. 그 동네는 시 안에서도 후미진 곳에 있는
부자 타운이었다. 거기로 가는 버스가 한 시간에 한 대밖에
없어, 아침 7시 반까지는 가야 하는 사모님 댁에 차마 갈 수
가 없었다. 대신 출근을 조금 더 서두르는 남편의 차를 타고
새벽 6시에 인근에서 내릴 수 있었다. 그래도 이번에는 운이
좋았다. 버스가 15분 만에 온 것이다. 나이스 타이밍! 아마
내 처지가 불쌍해서 하늘이 도운 것은 아닌가 싶었다.

사모님의 집 앞에 도착했을 때, 해가 벌써 다 기울어 새
까만 저녁이 되어 있었다. 나는 사모님 집의 벨을 눌렀다.

"누구세요?"

"안녕하세요, 사모님. 저, 앞치마예요."

"기다리세요."

덜컥하고 열리는 사모님의 손에 하얀 쇼핑백이 들려져
있었다. 그 속에는 민트색 방수 앞치마가 들어 있었다.

"죄송합니다. 정말 죄송합니다, 사모님. 다시는 이런 일
이 없도록 하겠습니다."

"사람이 실수할 수도 있고 그런 거죠. 괜찮아요."

"감사합니다! 죄송합니다!"

곱게 개어진 앞치마가 무척 부끄러웠다. 얼른 쇼핑백을

전달받았는데 이 속에는 앞치마만 있는 것이 아니었다. 사모님은 이것저것 넣었으니, 나중에 보라고 말씀하셨다. 나는 꾸벅 인사를 드리고 얼른 사모님 댁을 빠져나왔다. 정류장에 앉아 쇼핑백을 열어보니 귤과 과자, 주스까지 들어 있는 게 아닌가! 별 실수가 아니라고 하셨지만, 사실 고객의 집에서 허락 없이 물건을 사용하는 건 큰 실례였다. 그런데도 이렇게나 바리바리 챙겨주시다니. 사모님께 감사하면서도 동시에 프로답지 않은 모습을 보여드린 것 같아 부끄러움이 몰려왔다.

이런 에피소드가 있었음에도 나의 건망증은 도무지 멈출 생각을 하지 않았다. 앞선 학원 청소를 할 때 따로 지참하여 가져간 세제 통을 창틀 위에 놓고 퇴근했는데, 격주 후에 방문해 보니 그 자리에 그대로 올려져 있는 걸 보고 기겁했을 정도이다. 앞치마를 두고 갔던 사모님 집에서 재차 방문했을 때, 너무 더워서 사용한 USB 선풍기를 켜둔 채로 그냥 간 적도 있었다(다행히 자동 꺼짐 기능이 있었다). 그다음 주에는 선풍기를 끄고 나왔는지 아닌지 헷갈리는 바람에 온종일 불안에 시달려야만 했다. 그렇다고 사모님께 또 연락드리는 건 아니지 않은가.

어딘가에 사용했던 손수건을 흘리고 다니는 건 기본이

요, 파우치는 또 어디에다가 두고 왔는지 기억조차 할 수 없었다. 지하철이나 버스에서는 절대 우산을 잃어버리지 않으려 눈앞의 손잡이에 걸어 두었다가 그대로 하차해 버리는 바람에 비를 쫄딱 맞으며 귀가한 적도 있었다. 잦은 건망증이 정도를 더해갔다. 이제는 내가 언제 밥을 먹었는지, 화장실에 다녀온 적이 있었는지 기억할 수조차 없었다. 치매가 온 것은 아닌지 두려웠다. 이동하면서 체크리스트를 꼬박꼬박 썼지만, 그것에 체크를 하고선 정작 물건을 두고 온 경우가 다반사였다. 가족들이 괜찮냐고 물어봤으나 전혀 괜찮지 않은 상태였다.

이제는 나 자신까지 잊혀 버릴까 봐 덜컥 겁이 났다.

건망증을 고치기까지 일 년여의 시간이 흘러야 했다. 건망증이 심할 때는 조급함과 불안감이 나를 압도해 버릴 듯 커져만 갔다. 출근하러 나오는 길에도 아차, 싶어 발길을 돌린 것도 대여섯 번쯤은 되었다. 그렇지만 업무상의 실수는 건망증만으로 단순히 해결될 수 있는 것이 아니었다. 노션, 캘린더, 메모, 알람 어플 등등 다수의 도구를 활용해도 잘 고쳐지지 않았다. 한 번은 지갑을 버스에 두고 내렸다. 고맙게도 지갑이 떠올랐을 때 그 버스는 신호 대기 중이었다. 비명을 지르며 버스에 올라탔는데 내가 앉아 있던 그 자리에 지갑이 곱게 놓여 있었다(정직한 시민들에게 감사합니다). 같은 카드를 잃어버린 것도 일곱 번은 되었다.

'내가 왜 이럴까?'

잊는 병에 너무도 곤욕스러웠다. 그때 눈앞에 한 간판이 보였다. 정신건강의학과. 간판의 전화번호로 전화를 걸었다. 운 좋게도 예약 없이 당장 상담받을 수 있었다. 하얀색 내벽이 칠해진 공간 안에서 대기하고 있으려니 덜컥 겁이 났다. 설마 내가 미친 사람으로 보이는 것은 아닌지 걱정마저 들었다. 조금의 대기 끝에 의사 선생님을 만날 수 있었다.

"지금은 기분도 좋아 보이고 큰 이상은 없어 보이는데요?"

별 이상이 없다는 말에 안도의 한숨을 크게 쉬었다.

"그렇죠? 저 완전 정상이라니까요. 잘 잊어버리는 것만 빼고요."

"약을 지어줄 테니까 복용해 보실래요?"

나는 정체불명의 약을 일주일 치 지어왔다. 멀쩡하다면서 약을 지어주다니. 이 약이 무슨 과가 있을까 싶었다. 그래도 시키는 대로 아침마다 꼬박꼬박 챙겨 먹었다. 시간은 흘러 일주일이 되었다.

"약을 먹고 나니까 좀 어때요?"

"선생님, 효과가 괜찮은데요? 건망증이 조금 줄어든 것 같고요. 뱅글뱅글 도는 것 같은 어지럼증도 약간 줄었어요."

"아, 그러셨어요? 사실 이건 우울증 약이에요."

"네? 우울증 약이요?"

"말씀하시는 걸 들어보면 정상 같거든요. 그런데 증상 자체가 우울증 같아서 지어드렸어요."

나는 깜짝 놀랐다. 뒤돌아 생각해보니, 그동안 팍팍한 현실에 부딪히며 먹고 사는 문제에만 매달려서, 나의 욕구나 감정 같은 것들을 자연스럽게 억눌러야만 했었다. 나를 돌볼 틈 없이 청소 시간이 끝나면 바로 다음 사모님 댁으로 이동해 청소를 해야 하는 강행군이었기 때문이다. 이리저리 이동하는 거리도 버스로 한 시간 단위였기 때문에 자기 돌

봄은커녕 끼니를 해결하는 것도, 화장실을 가는 것도 어려
웠다.

'이 정도면 괜찮아. 여기서 쓰러질 거야? 포기하지 마.'

의지를 굳게 다짐하는 것도 건강한 상태에서나 가능하
다는 것을 이번에 깨달았다. 쓰러지기 직전까지 현기증이
나거나 건망증이 심해지는 질병의 원인이 바로 우울증이었
다니. 웃음과 긍정으로 가려진, 진짜 나는 그러했나 보다.

사라지는 기분, 그건 내 몸이 보내는 진심이었음을.

무엇보다,

누구보다,

나를 아끼자.

사표 내도 괜찮을까
· · · · · · · · · ·

사직서. 세 글자가 하얀 모니터 위로 두둥실 떠오른다. 불 꺼진 사무실. 야근을 핑계 삼아 아무도 없는 사무실에서 혼자 한참을 울었다. 금요일 저녁이었다. 다음 주 월요일에는 반드시 사표를 내리라 다짐했다. 울컥 솟아오르는 분노와 함께 망할 놈들 어디 맛 좀 봐라, 라는 생각들. 그리고 빌런(악당)과 그 주변인의 얼굴이 떠오르면서 눈물이 뚝뚝 흘렀다.

"야, 나 꼰대 아니지 않냐?"

그날 아침. 회색 파티션 너머로 팀장이 실실 쪼개며 고개를 들었다. 꼰대가 아니라니, 무슨 대답을 듣고 싶은 걸까? 내 자리는 지옥의 자리였다. 모니터에서 고개를 30도만 들어 보이면 팀장의 표정이 제대로 보였다. 아주 곤욕스러웠다. 꼰대 팀장은 나를 '단우씨'가 아니라 '야, 얘, 너' 따위의 호격 명사로 불렀다. 팀장에게 나는 이름 없는 '야'였다. 팀장이 단지 10살이나 더 많다는 이유로 말이다. 팀장은 평소 불만이 많았다. 이사가 하는 일쯤은 자기가 훨씬 더 잘할 수 있다고 믿었다. 대표와 이사가 자기보다 못한 존재라고 조롱했고 내가 장단을 맞춰 호응해 주길 바라는 사람이었다. 그런 칭찬과 아부는 질색이었다. 꼰대의 특징인, '나 꼰대 아니지 않냐?'라고 질문하는 스킬은 덤이었다. 여초 직장에서의 이간질과 정치질은 옵션이었다.

회사는 고작 직원 수가 세 명뿐인 중소기업이었다. 직원은 나, 팀장, 주임이 전부였다. 코딱지만 한 회사에 직함이 있는 것도 우습지만, 꼴에 회사랍시고 대표도 있고 이사도 있었다. 이사에게는 친분이 있는 지인 두 명이 사무직 알바로 와 있었다. 그래서 알바들에게는 감히 일을 시킬 수도 없을뿐더러 제발 일을 해주십사 하고 빌 지경이었다.

회사 가운데는 교육장으로 사용하는 강당이 뻥 뚫려 있었고 우리 고용인들은 우측 사무실을, 이사와 알바들은 좌측 사무실을 같이 사용했다. 회의 때는 팀장이 총대를 메고 나서서 지금의 사무실 구조가 비효율적이니 우측 사무실로 통합하자는 의견을 제시하기도 했다. 그러자 마치 VIP룸을 빼앗긴 것처럼 항의하던 알바들의 등쌀에 팀장은 깨갱거리고 입을 다물었다.

　나는 나름 세무회계 자격증을 8개 정도 취득하고 입사한 회사여서 직장에 대한 기대가 컸다. 그래서 어수선한 결재 라인을 바로잡고자 했다. 알바들이 법인카드를 제멋대로 긁어대는 것을 확인한 후, 필요한 사무용품이나 비품이 있으면 임의로 결제하지 말고 결재양식대로 작성 후 보고하라고 했다. 그러면 우리 쪽에서 검토하고 결제를 승인할 테니까. 회계장부는 내가 꾸리니까 당연한 절차였다. 이런 메시지를 보낸 지 5분쯤 지났을까. 알바들이 사무실로 쳐들어왔다.

　"내가 볼펜 하나를 사더라도 보고를 해야 해? 내가 왜 일하면서 눈치를 봐야 하냐고?"

　들고 있던 볼펜을 집어 던지더니 별안간 반말지거리와 삿대질이 쏟아졌다. 나는 무방비 상태에서 고스란히 공격을 다 받아내야만 했다. 사무실에 남은 팀장과 주임은 말릴 생각이 없어 보였다. 다들 고개를 푹 숙이고 열심히 일하느라 바쁜 척을 했다. 아니, 조금 전까지만 해도 알바들에게 결재 라인을 만들자고 논의했으면서! 알바들은 손에 쥐고 있던 결재서류와 법인카드를 흔들어 대며 화를 냈다. 나는 무척 당황스러워 실례되는 말을 했나 싶어, 보냈던 카톡 메시지를 읽고 또 읽었다. 잘못한 내용도, 감정 상할 만한 내용도, 오해할 내용도 없었다.

'사무용품 및 비품이 필요하시면 보내드리는 양식에 필요한 명세들을 작성하셔서 보고해 주신 뒤, 제가 결제를 도와드리겠습니다.'

군더더기 없이 깔끔한 메시지였다. 몇 차례 더, 종이와 볼펜 같은 것들이 허공으로 던져지고 고성이 거세졌다. 그제야 팀장이 자리에서 일어나 그들을 밖으로 데리고 나갔다. 아직도 분이 풀리지 않았는지 씩씩거리는 소리가, 방음에 불친절한 벽 너머로 들려왔다. 아무도 내 편이 아니었다. 회사의 서열은 대표, 이사, 알바들, 팀장, 주임, 나였다. 언제나 모든 잘못은 내가 감당해야만 했다. 결재 라인을 만들자는 것도 내가 한 것이 아니라 팀장이 하자고 그런 것이었다. 사과, 잘못, 죄송함은 왜 나만의 언어일까?

입사한 지 한 달째. 기분이 쎄, 하면 도망치라는 말이 있는데 왜 나는 그런 본능에 충실하지 못한 것일까? 미련하게도 자그마한 월급을 헤아리며 무조건 버티는 게 답이라고만 생각했던 까닭이 무엇이었을까? 그래서 왜 지금, 이 시간까지 회사에 남아 몰래 사표를 쓰고 있는 것일까?

결국 내가 살려고 사표를 쓰는 거잖아. 근데 왜 쓰지도 못하고 내지도 못하니?

몇 년 뒤, 이직 떠돌이가 된 나는 다른 회사에 합격하게 되었다. 중고차 매매단지 내 사무장 자리였다. 규모가 꽤 큰 회사여서 망할 리도 없을뿐더러 차량 관련 지식을 축적할 수 있겠다는 헛된 야망을 품었다. 해당 자격증이 없이 마구잡이로 일을 익히는 동기와는 달리, 내 시작점은 자격증과 이력(비록 단타로 돌아다닌 이력이라도)이 있어서 시작이 매우 좋았다.

입사 첫날. 소 닭 보듯 하면서 건성건성 고개를 까딱거리는 딜러들을 만났다. 바빠서 그렇겠지, 하고 넘겨짚었지만, 돌이켜 보면 이것이 이 회사의 분위기라는 생각이 든다.

사람에 대한 기본적인 예의가 없는 것 말이다. 그들은 사무장 따위에게 잘 보일 이유도 없거니와 인간적인 예우를 보일 필요도 없었던 모양이었다.

게다가 대표님은 성격이 매우 급한 분이었다. 대표님의 바로 앞자리에는 유순한 성품으로 보이는 영업부 과장님이 앉으셨다. 대표님이 과장님에게 지시를 하면 과장님은 무슨 일이 있어도 그 업무를 5분 안에 끝마쳐야만 했다. 그렇지 않으면 뭔 놈의 새끼라는 소리를 한바탕 들어야 했다. 고성 때문에 과장님의 청력이 상실되는 건 아닌가 하고 걱정스러울 정도였다. 어쩌다 직원 파일에 꽂힌 이력서를 보게 된 적이 있었는데, 과장님은 애가 둘 있는 아빠였다. 먹고 살려고 참는 것이구나, 라고 탄식이 저절로 나왔지만 내가 누굴 걱정할 처지는 아니었다. 대표님은 예민한 성격 때문에 점심도 거르는 분이었다. 우리는 교대로 점심을 먹었는데 내가 사무실에 남아 있는 조에 당첨된 날이면 대표님이 무슨 일을 시킬까 봐 무척이나 겁이 났다.

한번은 점심시간 중 대표님이 뭐를 조회해보라면서 앞에서 안절부절하는 모습을 보이셨다. 업무에 미숙한 내가 버벅거리니까 팔짱을 꼈다가 풀었다가 손톱을 물었다가 하는 모습들이 곁눈질로도 느껴졌다. 그러다가 대표님이 '빨리! 빨리!'를 외치니까 덜컥 겁이 나서 어쩔 줄을 몰랐다. 다행히 원하는 정보를 찾아 바로 보고드린 까닭에 큰 화는 면할 수 있었다. 그놈의 빨리 빨리는, 대체 일이 말처럼 쉽냐고요.

게다가 나는 이 일을 하기엔 대단한 핸디캡을 가지고 있었다. 그것은 바로 내가 운전면허증이 무면허라는 점이었다. 중고차 매매단지에서 일하는 사람이 면허가 없다니, 참 재밌는 일 아닌가! 마치 수산물시장에서 일하는데 해산물을 전혀 못 먹는다, 라든지 정육점에서 일하는데 채식주의자라든지 하는 차원의 아이러니나 다름없었다. 그래도 업무상 회계, 운영 파트이기 때문에 운전면허가 필수 요건이 아니어서 쉽게 취업할 수가 있었다. 자동차에 대한 지식은 부족했지만 회계 일에 관한 지식은 충분했다. 그렇지만 자동차쪽 지식이 부족한 탓에 업무적으로 미비한 부분이 있었다. 이를 보완하기 위해서 나는 오로지 노력에만 의지해야 했다. 지금 와서 돌이켜보면 애초에 안 되는 일은 빨리 접었어야 했다. 하지만 나는 무슨 깡이었는지 몰라도 부딪혀 보자, 끝까지 참아보자, 어떻게든 버텨 보자며 살아남으려 애썼다.

그래도 일머리가 없으면 아무 소용이 없었다. 착하고 성실한 건 당연한 거였다. 거기에 옵션으로 일머리, 눈치 게

임, 사내 정치라는 것을 알았어야 했다. 애석하게도 나는 그런 쪽으로는 철저하게 발달하지를 못했다. 약삭빠르지도 않고 눈치껏 움직이는 법 없는 곰 같은 사람이었다.

"넌 사회화되기 전의 강아지 같아."

"일단은 내가 커버치는데 다음부터는 이러지 말라고. 알아들어?"

"너한테 심한 장난도 치면 울까 봐 차마 뭘 못하겠어."

사무장팀 과장님은 내 인격까지도 꼬집으며 볼멘소리를 했다. 다른 사원들이나 딜러들한테는 생글생글 웃으며 사람 좋다는 소리까지 듣는 사람이었다. 그녀는 처음에는 그렇지 않더니만 내가 일을 못하는 것뿐만 아니라 자신과 어울리지 않는다는 생각에 표정이 점점 굳어갔다. 취업한 지 일 이주일 새 그녀의 말투는 흐려졌고 침묵을 지키는 날이 많았다. 혼자 허덕거리느라 점심시간 교대 타이밍을 놓칠 때도 있었는데, 그마저도 점심 먹으러 가라고 알람 역할을 해야겠느냐며 짜증을 냈다. 나중에는 딜러들과 담배를 피우는데 나를 아래위로 훑어보는 시선과 마주치기도 했다. 성실하고 착실하게 일하는 것은 사회에서 약자로 보이는 것에 불과한 거였구나 싶었다.

"야, 쟤처럼 옆에서 2주 동안 친절하게 인수인계해 준 사람 없어. 다들 3일이면 끝났어."

사무장팀 과장님이 모니터에서 시선을 고정한 채 내 쪽을 향해 툭 뱉었다. 나는 이 상황을 어떻게 극복해야 할지 갑갑했다. 그동안 어떻게든 버텨서 겨우 수습 기간인 3개월을 넘겼지만, 어째서인지 실력은 제자리에서 나아지질 않았다. 옆자리에 앉은 나보다 2주 먼저 입사한 동료는 일취월장하며 거의 주임급의 일을 요령껏 수행하고 있었다. 사무실의 온갖 구박과 눈총은 자연스레 내가 고스란히 감당해야 할 몫이었다. 사람들은 내 주변을 슬슬 피하거나 흘끔거리며 웃기도 했다.

하지만 죽으란 법은 없지, 싶었다. 성실함을 무기 삼아 살아남으려 애썼다. 무조건 1시간 전에 일찍 출근해서 대표님 자리는 물론 모든 사무실의 책상과 집기를 반들반들하게 닦아놨다. 스무 개가 넘는 쓰레기통도 싹 비우고, 사용한 컵들도 깨끗이 설거지했다. 커피 스틱도 떨어질세라 꽉꽉 채워 놓았고, 일과 중에는 틈틈이 커피를 젓는 티스푼의 헹굼물도 갈아주었다. 대표님의 출근 시간이 다가올 때는 티 매트를 깔고 대표님 취향의 커피까지 타 놓았다.

위의 소임을 다 했다고 해서 월급루팡처럼 놀았던 것은 아니다. 과장님이 업무지시를 하지 않거나 짬이 날 때면 수능 공부하듯 업무매뉴얼 파일철을 펼쳐서 달달 외우고 있었다. 매입매도비는 무엇이고, 탁송비는 무엇이고……. 하지만 적응이 되지 않은 것은 이상한 회계 시스템 때문이었다. 별도의 수기 장부가 4개나 있으면서 법인 장부가 여러 개 있어, 이것을 세 명이 나누어 관리하는데 여러 사람이 여러 장부를 관리하니 당연히 꼬일 수밖에 없는 구조였다. 실제로 내 후임으로 들어온 경력자분께서도 도저히 이해할 수 없는 시스템이라며 사흘 만에 사표를 던졌다. 누가 와도 적응을 할 수 없는 직장이었다. 나도 흐름을 정확히 알지 못해서 괴로웠는데, 경력자까지 도망하는 걸 보고 있으려니 과중이 더해졌다. 그러던 와중에 과장님은 내 전임자가 보고 싶다며, 일도 잘하고 싹싹했다면서 여러 번 말을 내뱉었다. 그럴 때마다 나는 조그맣게 줄어들어 어딘가로 숨어 버리고 싶은 마음이 들었다.

나는 전임자에게 카톡을 보냈다.

"○○씨, 잘 지내죠? 인수인계 때 친절하게 말해줘서 고마워요. 근데 저는 더 못 버틸 것 같아요."

"왜요? 무슨 일 있어요?"

"아뇨. 그런 건 아니고. 제가 일을 못 하니까 분위기가 좀 이상한 것 같아요."

"하긴. 저도 아직 단톡방을 안 나가긴 했지만, 왠지 모르게 분위기가 이상하다는 느낌을 받긴 했어요."

"그렇긴 했는데 사실은 더 심했어요. 다 말하기는 어렵고요. 점심도 아무도 저랑 안 먹으려고 하고. 말하자면 저, 아마도 왕따예요."

"네? 왕따요?"

"솔직히 거의 윽박지르듯이 얘기하기도 하고, 과장님이 일부러 말도 아끼고 옆자리 동료분에게만 따로 개인톡으로 대화를 주고받더라고요. 둘이 함께 사무실에서 말할 때도 제 귀에 들릴까 봐 이쪽을 슬쩍 쳐다보면서 조용조용 말하고. ○○씨 일할 때도 목소리가 커진다는 느낌을 받을 때가 있었나요?"

"아뇨! 그런 적 없었는데요. 왜 그러시지? 적응 잘하도록 도와주셔야 하는 건데."

"그냥 제 잘못이죠, 뭐. 일을 너무 못하니까."

"그래도 인간적으로 아니잖아요. 일을 못 한다고 소리지르고 왕따시키는 건 무슨 일이에요? 이건 무조건 회사 잘못이에요."

전임자의 말이 옳았지만, 머릿속에 들어오지 않았다. 이런 대우는 인간적이지 않은 것이 맞지만, 그 '인간적'인

최소한의 기준에 맞춰지려면 내가 뭐라도 기여할 수 있는 인간이어야 하지 않을까 싶어서.

그 무렵 우울감이 심해져 깊은 우울증까지 온 듯했다. 온몸에 기력이 빠져나가는 듯했고, 먹은 게 다 구역질로 나올 것만 같아 음식 섭취를 거부했다. 하루를 통으로 거른 적도 숱했고 입맛도 없었다. 1인용 미니 돗자리를 회사에 가져다 놓고 화장실에 가져가서는 바닥에 깔았다. 핸드폰 알람으로 시간을 설정하고 돗자리에 누워 울다가 알람이 울리면 복귀했다. 나중에는 회사 주변에 있는 산책로로 언덕을 오르내리며 현실의 나를 지우려고 애썼다.

'나는 밥벌레야. 나는 왜 일을 못 할까. 또 이번 직장에 실패했어. 아까도 과장님이 나를 그런 눈빛으로 쳐다봤어. 과장님이 누구랑 내 얘기를 하고 계실까.'

온종일 생각의 지옥에서 벗어날 수가 없었다. 언덕에 오르면 모든 속박에서 완전히 해방되는 기분이 들었다. 나른한 햇살이 나무 사이를 뚫고 나를 비추는데, 현기증이 나고 구역질이 났다. 먹은 게 없어 뭐가 나오지 않았지만, 신물이 입안에서 맴돌았다.

아침 7시. 평소 같았으면 이미 회사에 도착해 책상마다 걸레질할 시간이었다. 그러나 나는 사무실에 들어가지 않았다. 회사 옆 맥도날드로 들어가 아무거나 음료를 하나 시키고 자리에 앉았다. 그러고는 나를 아껴주고 믿을 수 있는 사람들에게 전화했다. 울진 않았지만 목소리는 촉촉했다. 일을 못 하는 이유를 핑계로 쏟아진 비난들, 고성들, 내리깔아 보는 시선들, 심지어는 장난인 것처럼 둔갑한 손찌검까지도. 모든 이야기를 탈탈 토해냈다. 마지막으로 남편에게 전화했을 때는 참담한 마음이었다. 내가 말했다.

"내가 왜 살아있는지 모르겠어요."

"그만하고 나와."

너무 단호한 대답에 나는 당황했다.

"제가 일을 못 하는 게 회사에 피해가 되고 민폐가 될 수 있겠지만요. 그래도 나는 잘하고 싶었어요. 잘하고 싶었다고요."

"그러니까 사표 내."

"그래도 돼요?"

"그러면 거기 계속 있을 거야?"

"그건 그렇지만. 난 왜 이 모양일까요? 내가 적응만 잘한다면, 일만 잘하면, 그러면 좋을 텐데. 나, 앞으로 어떤 일도 못 하게 되면 어떡하죠? 이대로 여기서 나와버리면 앞으로 딴 데 가서도 일을 못 할 것 아냐. 여기서 못 버텼는데. 그래도 3년은 버텨야 할 텐데."

"3년을 버티건 3개월을 버티건 그냥 나오라고. 거기가 그렇게 중요해? 네 인생 책임진대? 네가 그렇게 구박받으면서 일하는데 아무리 일을 잘한다 해도 거기 사람들이 널 좋게 볼 것 같아?"

그와의 통화가 끝난 후, 창밖을 바라보며 곰곰이 생각했다. '일을 한다'라는 것이 한 사람의 감정과 가치관, 더 넓게는 인생을 살아갈 힘까지도 박살 낼 정도로 거대하고 무서운 것일까? 각자 자기만의 강점이 있고 그만큼의 약점도 존재하는 것인데, 직장이라는 곳은 왜 자꾸 약점만 짚어내는 것일까? 하긴 예전에 다녔던 직장의 그 꼰대 팀장이 나한테 그렇게 말했었지.

"야! 너는 일을 잘하는 게 아니라 어설픈 거야. 근데 여기 사람들이 다 어설프다 보니까 그게 안 드러나는 거야. 다른 데서는 일 못 해. 너 딴 데 가면 잘려."

어설픈 인간은 계속 입 닫고 이렇게 혼나기만 하는 게 일인 것일까. 자존감이 깎인 대가로 월급을 받고 살아야 하는 걸까. 의문이 커질수록 답을 찾아 나가는 것이 어려워졌다. 월급을 받는 만큼 내가 점점 없어지는 것만 같았다.


출근하자마자 내 물건들을 주섬주섬 가방과 상자에 옮겨 담았다. 그래도 누구 하나 이상하게 생각하는 사람은 없었다. 애초에 나란 인간은 씹기 위해 존재할 뿐이지, 관심을 둘 정도로 애정 있는 포지션은 아니었으니까. 나는 짐가방을 메고 과장님의 파티션에 다가갔다. 그리고 말했다.

"과장님, 저 죄송한데 오늘부로 그만두겠습니다. 안녕히 계세요."

과장님은 벙찐 얼굴로 빤히 쳐다봤다. 나는 미련 없이 고개를 돌리고 사무실을 나왔다.

그 길로 곧장 버스를 타고 집에 왔다. 가는 길에는 부사장님한테 전화가 왔다. 이렇게 갑자기 그만두면 어떻게 하냐고. 나는 이런 적이 처음이라 저도 죄송하지만 더는 이런 직장에서 일할 수 없다고 말했다. 그랬더니 과장님과 상의하고 다시 연락을 주기로 했다. 나는 알겠다고 했다. 전화는 다시 오지 않았다. 추노 성공이다!

청소일을 할 때면 종종 그때 일이 떠오른다. 특히 어지럼증이 심각한 날에는 더더욱. 그때는 일을 못 해서 사표를 던지고 싶었는데 지금은 그냥 별다른 이유 없이 사표를 던지고만 싶다. 아무리 유쾌하다고 해도 육체노동은 힘들긴 힘들다.

오늘의 현장은 추노를 하고 싶은 욕구가 머리끝까지 치밀어 오른다. 몰티즈는 귀엽긴 하지만, 이 녀석이 먹던 뼈다귀는 왜 치우지 않는 것인가. 그래서 이 앙증맞은 뼈다귀들 수십 개가 소파 틈 사이에 쏙쏙 넣어져 있는 것인가. 어라? 뼈다귀가 소파에만 있는 게 아니라 침대 속에도 있고, 책상 밑에도 있네? 마음 같아선 지금 당장 전화하고 싶다.

사모님, 죄송합니다.

저 때려치울게요, 라고.

예전과는 달리 청소일에는 추노가 답이 아닌

이 현실에선 꿈같은 소리지만.

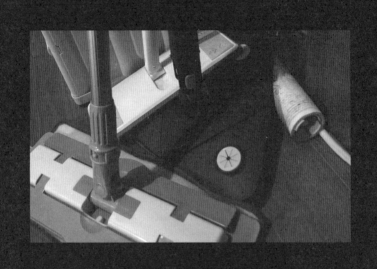

직업에 귀천이 없다는데, 정말?

가사도우미 청소 어플에서는 GPS를 통해 동네 근방의 예약들이 들어오면 바로 알람을 통해 안내해 준다. 이번에 잡은 집은 우리 집에서 버스로 약 20분밖에 떨어지지 않은 오피스텔 원룸이었다. 평소가 5평이라고 해서 뛸 듯이 기뻤다. 5평짜리 청소에 겨우 세 시간만 일한다니! 그러면 34,500원의 일당이 떨어지는 꿀 일자리였다. 전날에는 좋은 일자리를 잡았다며 자랑하면서 푹 잠이 들었다.

하지만 그것은 오산이었다. 문을 열자마자 나는 폭격을 맞은 듯한 집구석을 마주했다. 아니, 그곳은 지옥이었다. 원룸 가득 수북이 쌓인 옷들은 장롱 높이만큼 쌓여있었다. 거기서는 홀아비 고린내가 풀풀 올라오고 있었다. 동묘 구제 옷시장에다 갖다 팔아도 상인들이 안 받아 줄 만큼이나 낡은 옷들이었다. 종량제 봉투 100L짜리가 족히 다섯 개쯤 쓰일 만한 분량이었다.

황당해서 멍하니 서 있다가 어플을 켜서 고객 요청 사항을 확인했다.

'옷 정리 좀 해주세요'

이 좁아터진 원룸에는 붙박이 옷장 한 개가 전부였다. 그렇다면 이 옷 탑을 어찌한단 말인가? 나는 카메라 어플을 켜서 옷더미를 찍었다. 증거 사진들을 고객센터 채팅방에 올렸다. 고객센터에서는 문의량이 많아 당장 응대가 어려우니 상담사가 나중에 전화를 주겠다는 자동 메시지를 보냈다. 마냥 기다리고 있을 수만은 없어, 일단 팔을 걷어붙이고 다른 부분을 청소하기 시작했다.


일단 현관 복도에 딱 붙어서 어수선하게 만드는 주방 가스레인지를 들어냈다. 점화구에 닿지 않게 하여 중성세제를 푼 물을 살살 뿌리고 부드러운 수세미로 기름때를 문질렀다. 이후 깨끗한 행주로 닦아내 마무리를 했다. 쇠 삼발이 부분도 중성세제 물에 담근 뒤 5분 후에 깨끗한 물로 헹궈냈다. 가스레인지 후드 주변에 튄 음식물도 수세미로 살살 문지른 뒤 10분 후에 행주로 닦아냈다. 그러면 큰 힘을 들이지 않아도 금세 반짝반짝 윤이 난다. 기름때 제거는 큰 힘을 들이지 않아야 욕실 청소 때 에너지를 쓸 수 있다. 주방 후드를 열었을 때는 깜짝 놀라 나도 모르게 욕이 튀어나왔다. 죽은 벌레가 우수수 떨어졌다. 나는 후드 망을 욕실 바닥에 탁탁 털고, 기름때를 철 수세미로 박박 문질렀다.

힘겨운 사투가 끝난 뒤, 이번에는 욕실을 청소할 차례가 되었다. 욕실 가득히 변기의 지린내가 가득했다. 하수구 망에는 빨간 곰팡이들과 정체 모를 체모들이 수북이 쌓여있었다. 순간 비위가 상해 고통스러웠지만,

'삼만 사천오백 원!'

을 떠올리며 자신을 세뇌했다. 변기에 세제 물을 뿌려 때를 불린 뒤 하수구 때를 청소하고 나면 바로 변기의 청소로 이어졌다. 하수구는 철망을 들어내고 플라스틱 거름망까지 구석구석 닦아 물때를 제거했다. 때로는 샤워기 줄에 물곰팡이가 끼기도 해서 버리는 칫솔이나 운동화 솔 같은 것으로 박박 문질러 닦았다. 변기 주변의 하얀 실리콘막은 곰팡이가 피어있으면 어쩔 수 없지만, 대체로 물때가 끼어있는 것이 많으니 세제 거품 가득한 솔로 닦아서 제거했다.

진실로, 이 집만 그럴 것이라는 건 아주 큰 착각이다. 이번에 간 집은 번화가 뒤쪽에 있는 오피스텔 원룸이었다. 고객 요청사항에는 고양이가 세 마리나 있으니 주의해달라고 쓰여 있었다. 입실해서 두 마리의 고양이는 이미 발견했는데, 한 마리는 도통 보이질 않았다. 야옹아, 야옹아, 하고 곳곳을 찾아다니고 문밖 복도와 비상구 계단까지 찾았지만 결국 찾지 못했다. 그러다가 어디선가 '야옹'하는 소리가 들렸다. 깜짝 놀란 나는 부엌 상부장 문을 열었는데, 거기에 갇혀 있던 고양이 한 마리가 잔뜩 동그래진 눈으로 나를 내려다보고 있었다. 상부장 문이 닫혀 있어서 몇 시간이고 갇혀 있었던 모양이었다. 고양이를 찾는 것도 청소부의 일이라니, 싶어 씁쓸한 마음이 들었다. 고양이가 갇혀 있던 상부장에는 어떻게 올려놓은 건지 모를 잡동사니들이 즐비했다. 의자도 없으면 못 올라갈 구석이건만 어떻게 저기에 부엌용 랩과 국자, 라면 등이 섞여 있는 건지 참.

어쨌든 고양이를 찾았으니 이제 일을 할까, 라고 생각하며 고개를 돌렸다. 순간 숨이 흡 하고 막혔다. 이곳의 상태도 재앙 수준이었다. 침대 머리맡에는 사용했던 일회용 소프트 렌즈들이 일렬종대로 다닥다닥 붙어 있었다. 그것만 해도 서른 개는 족히 되는 것만 같았다. 원룸이라서 쓰레기통이 발치에 있는 게 뻔한 일인데 왜 여기에 진열하는 것인지 도통 알 수가 없었다.

　고양이들의 캣타워에는 먼지가 뽀얗게 쌓여있었다. 검지로 쓱 문지르니 먼지가 푹 하고 꺼지는 느낌이 났다. 전신 거울 앞 협탁에는 비싼 명품 화장품들이 먼지를 잔뜩 먹고 있었다. 명품이라는 데에 알맞은 대우를 못 받는 꼴이었다. 반대편의 협탁에는 브래지어가 펼쳐져 있었다. 밥그릇 두 개가 놓인 것처럼 펼쳐진 까만 브래지어. 그 옆에 널브러진 레이스 팬티. 그것만 있으면 다행일 텐데 얘네들이 외로울까 봐 또 다른 브래지어와 팬티도 같이 철퍼덕 놓여 있었다. 이것들은 하얀색이었다. 그래서 안에 묻은 배설물까지 노골적으로 다 비쳐졌다. 나는 아무리 청소하는 사람이 온다고 하지만 그래도 남이 집에 오는 것인데 어떻게 창피를 모르냐, 라며 구시렁거렸다.

　요청사항에는 이렇게 쓰여 있었다.

　'빨래 좀 해주세요.'

　예, 해드릴게요. 그런데 최소한의 예의는 지키셨어야죠. 글쎄, 저도 남의 배설물이 묻은 속옷을 만지기엔 비위가 좀 약해서요. 아, 맞다 깜빡했네. 여기는 두 시간에 이만 사천 원이었지. 두 시간만 참자. 두 시간 동안 나와 내 영혼은 없는 것이다. 나는 청소만 하면 되는 것이야. 생각은 뒤로 넘겨두자.

나는 청소부이지,

노예는 아니잖아요.

나도 엄연히 생각이 있고 감정이 있는

노동자입니다.

이번에도 사무실이 걸렸다. 가정집 청소가 지겨워질 즈음 청소 어플로 사무실 청소를 잡았다. 딱 두 시간만 일하면 되는 일자리였다. 청소 자리가 뜨자마자 남이 채갈까 봐 얼른 일자리 지원하기 버튼을 눌렀다. 일자리 승낙이 떨어지자, 사무실의 정체가 드러났다. 그곳은 바로 사진관이었다. 사진관의 정체를 알자마자 '와 여기도 꿀 알바잖아?'라며 쾌재를 불렀다. 꼼꼼하고 깔끔하게만 하면 되는 것 아닌가 싶어, 가정집보다 손도 덜 가고 상대적으로 덜 힘들 것이라 예상했다. 가족들도 축하한다며 전날 밤에 치킨 파티를 성대하게 열었다.

다음 날 아침, 설레는 마음으로 사진관 앞에 도착했다. 약속 시간이 지났는데 사장님은커녕 인기척 하나 없었다. 사장님께 전화를 드리니까 길이 막히니 조금만 기다려 달라 사정했다. 나는 너무 부지런한 것이 실수라고 생각했다. 그렇게 15분 남짓을 기다리자, 내 나이 또래로 보이는 여자가 헐레벌떡 뛰어왔다. 사장님께 인사를 드리는데 사장님이 나를 보고 적잖이 당황하셨다. 으레 이런 일을 하는 사람은 나이 많은 아주머니나 아저씨라고 생각하셨을 법했다. 젊은 사람이 청소일을 하는 건 드문 일이니, 말이다.

나는 젊은 사람이라고 해서 꼼꼼하지 못하고 설렁설렁한다는 편견을 심어주지 않으려 더 애썼다. 사진관은 동네에서 증명사진을 촬영하는 정도의 크기가 아니었다. 프로필 사진을 전문적으로 촬영하는 100평 규모의 대형 스튜디오였다. 한쪽에는 킹사이즈의 침대가 놓여 있어 다정한 커플샷을 찍을 수 있었고 각종 소품이 전시되어 있으며 탈의실도 두 개나 설치되어 있었다. 반대편 벽은 전부 다 하얀색 크로마키로 덮여 있었다. 꿀 알바는 무슨! 이 큰 공간에 청소기를 돌리는 것만 해도 두 팔이 얼얼할 지경이었다. 그래도 나이 어린 사람의 어설픔을 드러내지 않으려 열심히 복작거렸다.

정성이 통했는지, 처음에는 못 미더워던 사장님의 표정이 점점 환해졌다. 사장님은 개를 기르고 있었는데 가끔 스튜디오에 함께 출근하기도 했다. 그래서인지 구석진 곳곳마다 돌아다니는 개털 뭉치를 치우는 것이 일의 태반이었다. 스튜디오인지라 긴 전선들이 많았는데 수십 개의 전선을 일일이 들어서 개털을 청소기로 흡입하여 제거했다. 손님들이 보는 거울에도 얼룩얼룩한 지문 자국을 지워야 했는데, 이쪽에 하나 저쪽에 하나 탈의실에 두 개 등등 여러 개의 거울이 띄엄띄엄 놓여 있었다. 그래서 손걸레와 유리 세정제를 들고 이리 갔다 저리 갔다 하며 뛰어다니기 바빴다. 제 시간 안에 청소기를 돌리고 바닥을 닦아내며 집기들과 컴퓨터 등 사무용품의 먼지를 제거하느라 정신이 없었다. 거울과 유리 출입문을 반들반들하게 만들어 놓는 동안 얼굴은 불에 달군 삶은 행주처럼 푹푹 익었고, 비지땀이 양말까지 흘러 내렸다.

사장님은 나의 노고를 인정해 주고 항상 '선생님'이라는 존칭을 사용해 주셨다. 평소 청소일을 할 때마다 듣는 '아줌마', '저기요', '어이 거기'와 같은 호칭이 아니라 '선생님'으로 불릴 수 있다는 것이 가슴 뭉클했다. 역시 배운 사람은 말씨도 다르구나 싶었다. 그렇게 불러주실 때마다 속으로 '배운 사장님, 복 많이 받으세요.'라고 기원했다. 이렇게 좋은 관계로 쌓아가려던 차에 모종의 이유로 청소업을 접게 되면서 사장님께 인사를 드리게 되었다. 신기하게도 사장님은 나보다 더 기뻐해 주시며 말했다.

"선생님, 청소하러 오시긴 했지만……. 이렇게 젊고 고운 분이 오셔서 속으로 너무 안타까워했어요. 이런 일을 하시기에는 너무 고운 분이다 싶었거든요. 정말 잘 되셨어요. 선생님, 다음에 또 좋은 인연으로 뵈었으면 좋겠네요."

사장님의 축복을 받은 후 나는 기분이 좋았지만, 이 업종에 대한 생각이 많아졌다. 젊은 사람이 이런 일을 한다니. 그렇구나, 직업에 대한 편견은 어떤 노력으로도 쉽게 바뀔 수 없는 것이로구나, 하고 말이다. 이런 일은 과연 어떤 사람들이 해야만 하는 것일까. 선생님은 자기 또래의 여자가 와서 청소하는 것에 대해 왜 안쓰러워하셨을까. 30대의 젊은 여자가 육체노동을 한다는 것. 그것도 청소업을 한다는 것. 그것이 독특하면 독특해서 좋겠지만 그 독특함 안에서 사회적 계급에 대한 미묘한 선입이 존재한다는 것을 느꼈다.

# 나는 여러 가지 직업을 가지고 있다.

그중 하나가 바로 청소일이다. 청소일이 꼭 메인 직업은 아니다. 게다가 그 직업을 가지고 있다고 해서 직업 자체가 나를 규명하지 않는다고 생각한다. 하지만 대중의 낯선 시선을 마주할 때마다 내 생각이 틀린 것일까 라는 생각이 들곤 한다. 일반적으로 나를 '작가'라고 소개하면 "작품 뭐 쓰셨어요?", "전에 쓰신 작품 재미있게 봤어요."라며 얘기를 건넨다. 그러나 나를 청소부라고 하면 "아, 네……."라고 하면서 어색한 공기가 흐르고 만다. 그런 시선들은 익숙하다. 청소부에게 더는 궁금한 것도 없겠지 싶다.

우리는 '직업에는 귀천이 없다'라는 상식을 배워왔다. 하지만 그것을 곧이곧대로 믿는 사람은 전혀 없다. 사회적 지위에 따른 시선이 다르듯 직업에 대해서도 엄연한 계급이 존재한다. 하위층 직업을 가진 사람이 위를 올려다보는 것과 같이, 상위층 직업을 가진 사람이 아래를 내려다보는 건 서로 다른 문제이다. 청소는 남이 하기 싫은 걸 대신 해주는 대가로 돈을 버는 일이다. 비굴하리만치 더럽고 인내심이 강해야 하고, 때로는 이렇게까지 살아야 하느냐는 울분이 목구멍까지 차오르기도 한다. 먹고 살기 위해 하는 일. 그 일의 대가로 떨어지는 보수는 노동강도에 비해 앙증맞을 지경이다.

　한편 인간이라는 존재는 가장 꼭대기에 있을 때, 그동안 바닥에서부터 축적해 왔던 가치관들이 고스란히 드러난다. 사람을 쥐고 흔들 수 있는 권력이 내 손에 쥐어졌을 때, 그 사람을 대하는 태도에서 말이다. 우리는 '손님'이나 '고객'이라는 이름 아래 상대방을 쥐고 흔들려는 사람들을 너무나도 많이 안다. 식당에서 홀서빙하는 분에게 반말지거리하거나, 편의점 알바생에게 돈을 집어 던지거나, 옷 가게에서 VIP대접을 받으려고 애쓰는, 진상으로 표현되는 사람들. 나는 하위 계층의 직업을 가졌기 때문에 그들을 자주 마주한다. 그럴 때 드는 묘한 기분은 나를 자격지심의 늪으로 끌

어당긴다. 청소일 하다가 괜히 아는 사람을 만날까 봐, 청소하는 집 사모님이 동창생일까 봐, 괜히 청소일 한다고 사람들이 천시할까 봐 등. 다양한 모습의 자격지심이 샘솟는다. 이것저것 요구사항이 많은 사모님한테는 "내가 청소한다고 무시하나?"라는 생각으로 마음이 성벽처럼 와르르 무너진다.

인간이 가질 수 있는 직업 중 하위 레벨인 청소일. 누구나 할 수 있지만 아무나 할 수 없는 직업임에는 분명하다. 직업의 레벨이 하위인 것이지, 그 직업을 가진 사람의 존재 가치가 하위인 것은 아니다.

직업이라는 게

사람을 성장시키기 위한

Next Level은 있지만,

사람을 짓밟고서 획득할 수 있는

Another Level은 없다.

왜냐하면 직업에는 귀천이 있고

사람에게는 귀천이 없으니까.

상사가 진상이라면

가정집을 청소할 때면 사모님에게 간혹 정리 정돈 및 수납 업무를 부탁받는다. 이건 내가 제공할 수 있는 청소의 범위가 아니라고 설명해도, 사람 좋은 소리로 부탁 좀 드린다는 억지를 부린다. 정리수납은 관련 업체들에 견적을 받고 서비스를 진행한다. 최소 20만 원에서 최대 50만 원이 넘어갈 정도이다. 서민들은 선뜻 지갑을 열기 쉽지 않겠지만 서비스를 한번 받고 나면 리모델링이 필요 없을 정도로 놀라운 변신이 이루어진다.

예전에 tvN의 〈신박한 정리〉라는 예능 프로그램에서는 정리수납의 장점을 톡톡히 알리는 역할을 했다. 그 때문에 너나 할 것 없이 정리수납 붐이 일면서 그레이톤이나 화이트톤의 수납 도구들이 인기몰이했었고, 유튜브는 죄다 미니멀라이프를 표방하는 셀프 인테리어들이 인기 동영상으로 오르기도 했다.

이런 인기가 커질수록 오히려 나는 곤욕스러웠다. 셀프 정리수납이 안 되는 분들이 자꾸만 '도와달라'는 명분으로 떠맡기기식의 일을 벌여 놓았기 때문이었다. 업체를 부르면 몇십만 원을 호가하는 비용을 지급해야 하지만, 청소부를 사용하면 겨우 5, 6만 원밖에 들지 않는다. 사모님 입장에서는 청소도 하고 정리수납도 하니 싼값에 일거양득으로 부려먹기 딱 좋지 않겠는가! 나는 사모님들의 계략을 진작 간파했다. 그래서 웃으며 네네, 라고 대답하긴 했지만 절대로 그들의 부탁을 들어주지 않았다. 청소하는 데만 순전히 드는 시간도 모자라서 일부러 30분 일찍 도착하고, 10분 정도 늦게 퇴실하는데 무슨 놈의 정리수납인가?

한 번은 아파트값이 비싸기로 유명한 동네를 일주일에 2회씩 방문하게 되었다. 사모님은 직장을 다니다가 출산 때문에 육아휴직을 한 상황이었다. 처음에는 내가 꼼꼼히 청소하는 사람인지, 겉으로 보이기에 좋은 곳만 골라 청소하는 얌체인지를 가늠하려고 계속 눈길을 주며 감시했었더랬다. 그러다 시간이 흐른 후 내가 성실히 청소하는 것을 보고 마음이 놓였는지, 아예 살림을 나에게 맡기고 아기방에 들어가 아기를 재웠다. 사모님이 나를 일부러 부려 먹을 요량인 게 딱 보이는 지점도 있었다. 돌도 되지 않은 신생아의 빨랫감이 비상식적으로 많이 쌓여 있었다. 최소 2, 3주일 동안 빨래를 하지 않은 듯해 보였다. 드럼세탁기는 내부가 꽉꽉 들어차서 세탁기 문이 닫힐 틈이 없을 정도였다. 몸통 박치기 몇 번으로 간신히 닫을 수 있었다. 그렇지만 그 옆에 빨래 바구니도 꽉 차 있었다. 세탁실 바닥에도 아기 양말과 손수건이 건초더미처럼 쌓여 있었다.

네 시간의 청소를 진행하는 동안 세탁기를 세 번이나 돌렸다. 빨래를 갤 때는 손가락만 한 아기의 양말이 죄다 뒤집어져 있어서, 발가락 구멍 하나하나마다 손가락을 넣어 쑥쑥 빼내야 했다. 세탁 한 번에 나오는 아기 양말만 오십 켤레가 넘어가는 듯했다. 그리고 분명히 지난주에 다 개어 놓고 소파 위에 올려둔 빨래가 그대로 쌓여 있었다. 살림을 아예 안 했다는 소리다. 결국 자기 집 살림을 나보고 다 하라는 것이지. 사모님은 볼멘소리 없이 성실하게 일하는 내가 퍽 마음에 들었는지 정리수납까지 해달라고 했다.

"굳이 매뉴얼대로 청소하실 필요는 없고요. 한번은 부엌 찬장에 있는 그릇들을 정리하시면, 화장실 청소는 건너뛰는 식으로요. 하나를 하면 다른 하나를 안 하는 식으로 정리수납이랑 같이 진행해 주시죠. 하실 수 있으시죠?"

여기서 "아뇨, 못하겠는데요."라는 말이 어떻게 나오랴. 일주일에 두 번씩은 얼굴을 마주해야 하는 사이인데 불편할 수는 없지 않은가. 만약 직장생활이라면 까라면 까라는 식의 상사를 만난 거나 마찬가지인 건데. 문득 영화 〈엘프〉에서 보았던 흑인 가정부의 삶이 떠올랐다. '업무'라고 주어졌지만 내 의사와 감정과는 아무 상관 없이, 모욕감과 비탄만이 가득한 이 현실이 너무도 닮아 있었다.

결국 어디를 가든 사람 문제는 피할 수 없구나. 심지어 혼자 일한다고 할지라도 갑을은 존재하기 마련이니.

어쨌거나 어느 직장을 가든지 간에

또라이가 존재한다는

또라이질량보존의 법칙은

정말이지 진리가 맞다.

"잠깐 이 앞에 카페 좀 다녀올게요. 시간 다 되면 그냥 가세요."

사모님이 유모차를 끌고 나가는 동안 한숨이 저절로 나왔다. 버젓이 청소부가 있다는 걸 알면서도 외출 준비를 한답시고, 침대 위에다 옷을 휙 집어 던져 놓은 꼴이란. 방금까지 입고 있던 파자마 원피스를 말이다. 게다가 반쯤 뒤집어 놓은 채 바닥에 내동댕이친 아기 양말. 그리고……. 바닥에는 하얗고 커다란 팬티가 있었다. 이런 팬티도 있었나 싶어, 번쩍 들어 올리니 물컹, 하고 이상한 촉감이 만져졌다. 그렇다. 이건 팬티가 아니었다. 아이가 차고 있었던 기저귀였다. 게다가 방금 쌌는지 따끈따끈한 온기까지 느껴졌다. 이런!

이건 약과였다. 화장대 위를 정리하고 있는데 하얀 뭉치 두 개가 널려진 쓰레기들이 화장품과 섞여 있었다. 그중 하나를 집었는데 이번에도 물컹한 촉감이 느껴졌다. 나는 그만 으악! 하고 공중으로 던져버렸다. 그러자 접착되지 않은 위생용품이 펼쳐졌다. 오마이갓.

충격적인가? 이 정도로는 충격이라고 말할 수 없다. 혼자 사는 여성들의 집을 청소할 때는 남성의 집보다 더한 공포감으로 입실한다. 바닥, 세면대, 싱크대 등 기다란 머리카락들이 먼지만큼이나 쌓여있다. 바지도 다리 두 쪽이 나간 자리가 그대로 있다. 마치 뱀이 허물을 벗듯이 말이다. 얼마나 바빴으면 속옷과 위생용품까지도 정리하지 않았을까? 얼마나 바빴으면 청소하러 온 타인을 배려할 틈도 없었을까? 바쁜 사모님들 덕분에 내 포용력이 날로 넓어지는 듯하다. 다른 사모님은 내가 왔는데도 사람을 본체만체하고 팬티만 입고서 돌아다닌다. 전에는 빨간 팬티였는데, 오늘은 망사로 된 까만 팬티다. 눈을 어디에다 두어야 할지 몰라 바닥만 보며 청소했다.

그날은 당연히 저녁밥을 못 먹는다.

속아서 청소한 일도 있다. 이번에는 9평짜
리 오피스텔이었다. 그곳의 문을 여는데 안에 가구도 없이
텅텅 비어 있었다. 사람이 살았던 흔적이라곤 찾을 수가 없
었다. 이런 곳은 처음 봤지만, 사모님이 전화로 신신당부하
신 것이 떠올라 차마 거절하지 못했다. 당일 아침까지 청소
방법에 대한 장문의 문자를 세 통이나 보낸 것으로도 모자
라 두 번의 통화까지 한 상황이었으니 말이다.

　[완벽하게 해주세요. 70%까지만 청소해도 처음부터 다
시 청소를 해야 합니다. 완벽하게 해야 해요, 완벽하게. 아
셨죠?]

도착해보니 방 안에는 아무것도 없이 청소도구들만 달랑 놓여 있었다. 처음 보는 도구들이 많았다. 가정집에서 사용하는 청소기가 아니라 대용량 청소기가 있었고, 청소 솔도 드릴같이 생긴 전자동 솔이었다. 조금은 이상한 마음이 들었지만 이미 고객의 요청까지 다 수락한 마당에 뒤돌아갈 수는 없었다. 나는 울며 겨자 먹기로 청소를 시작했다. 그랬더니 그날 오후에 연락이 왔다.

[어머, 너무 깨끗하게 해주셔서 감사합니다. 복 받으실 거예요. 계속 청소하는 분이 필요한데 그때마다 연락드려도 될까요? 앞으로도 연락드리고 싶어서요.]

나는 단골이 생겼다는 사실에 뛸 듯이 기뻐했다. 기꺼이 사모님의 집요정 도비가 되겠노라고 다짐했다. 사모님은 이틀 뒤에도 청소할 일이 있는데 시간은 내가 편한 대로 맞춰주겠다고 했다. 나는 가족들에게 이제 청소일로 인정받는 몸이라며 으쓱거렸다. 이제 사모님은 도비 아줌마고, 나는 도비라고 칭하면서. 앞으로는 도비 아줌마가 주는 일감들을 성실하게 수행하겠다 생각했다.

"여기 바닥도 청소해 주세요."

주방을 청소하는 중에 도비 아줌마가 어느새 문을 열고 들어왔다. 이 집도 마찬가지로 사람의 흔적이 없는 빈집이었다. 도비 아줌마는 곧 부동산업자와 예비 세입자들이 집을 보러 올 거니 신경 쓰지 말고 일하라고 말했다. 완벽하게 해달라, 100%로 청소해야 한다는 말도 잊지 않고선. 그래도 아무리 빈집이라지만 복층 오피스텔을 청소하는 일은 쉽지 않았다. 오히려 아무것도 없이 비어 있어서, 티끌 하나가 더 잘 보일 정도였다. 무거운 대용량 청소기를 2층까지 들어 나르고, 걸레질한 물통이 더러워지면 물을 갈기 위해 계단을 몇 번이고 오르내려야만 했다. 약속한 세 시간이 꽉 채워졌지만, 아직도 청소 거리가 남아 있었다.

이제 마지막 순서로 도비 아줌마가 요청한 방문을 열었다. 와! 탄식이 저절로 흘러나왔다. 그곳은 방이 아니라 보일러실이었다. 보일러와 에어컨 실외기가 숨어있는 방. 사람의 손길이 닿지 않아 천장에는 거미줄이 희끗희끗 보이고, 바닥에는 진흙을 부어놓은 듯 새까맣고 더러웠다. 이곳까지 100% 깨끗하게 하라는 것은 무리한 요구였다. 도비는 화가 났다. 보일러실을 내버려 둔 채 퇴근해 버렸다.

다음 날 점심을 먹고 있는데 핸드폰이 징, 하고 울렸다. 스팸 문자인가 하고 넘겨짚었는데, 한 번 두 번 세 번……. 스무 번이 넘는 진동이 울렸다. 액정을 켰더니 발신인에 도비 아줌마로 찍힌 문자가 잔뜩 와 있었다. 문자에는 도비 아줌마가 청소가 안 된 구석들이 낱낱이 사진 찍혀 있었다. 청소기 위에 있던 먼지, 청소기 흡입 헤드 롤러에 낀 찌꺼기,

쓰레기통 안의 얼룩, 서랍장 나무 합판 사이 나이테에 묻은 얼룩까지도. 청소가 너무 안 됐다며 연쇄 문자 테러를 가한 도비 아줌마에게 분노가 치밀었다. 가족들은 네가 보일러실을 청소하지 않아 아니꼬우니까 트집 잡은 것이라 했다.

나는 화가 나서 청소 어플 고객센터에 전화했다. 그랬더니 내가 한 것은 입주 청소 즉, 이사 청소라고 했다. 청소 어플에서는 가정에 방문해서 살림 가지를 정리하는 가사도우미 서비스만 이용할 수 있었다. 만약 제대로 돈을 주고 사람을 부르게 되면 최소 15만 원이 든다고 했다. 그런데 가사도우미 청소 어플을 통해 사람을 부르면, 사람을 싼값에 부릴 수 있는 것이었다. 가사도우미도 아무 잡일을 부려도 괜찮을 법한, 파출부 서비스인 줄 알았나 보다. 그렇다고 자신도 해내지 못할 완벽함의 잣대를 왜 타인에게 들이대는지 도무지 이해할 수 없었다.

15만 원에 완벽함을 사지 않고 왜 4만 원으로 퉁 치려 하셨나요, 도비 아줌마?

진상 고객, 진상 상사. 그것은 어디를 가나 피할 수 없는 숙명 같은 것일까? 그들도 누군가의 어머니고, 아버지이고, 자녀이고, 형제자매일 텐데. 다른 사람에게는 쉽사리 상처 주고 비상식적인 요구를 당연한 듯하면서, 자기 가족에게는 마치 상식적이고 정상적인 사람인 듯 행동하겠지. 몰상식함이 상식으로 둔갑하는 허울들에 소름이 돋는다.

종래에는 깨달았다. 진상은 내 인생 어디쯤 반드시 존재하는 것이라는 걸. 아마도 죽을 때까지 진상들의 속박에서 벗어날 수는 없을 것이다. 나는 그 속에서 제자리만 빙빙 맴도는, 비둘기 같은 사람뿐이라는 것을 새삼 깨닫는다.

내게 상처 주었던 그대로
너 역시 상처받았으면 좋겠어.
어차피 반성 따위 없겠지마는.

어떻게 살아야 하나요
· · · · · · · · · · · ·

기나긴 취업 준비 끝에 연락이 온 곳은 노무
사 사무실이었다. 나는 ERP라고 해서 전사적 자원관리 시
스템을 다루는 자격증 중, 회계 및 인사 자격증을 보유하고
있었다. 자격증의 종류는 총 네 가지인데 나는 두 개나 땄으
니, 나머지는 취업 후에 짬짬이 공부하며 취득하기로 마음
먹었다. 이 자격증이 부디 무쓸모가 되지 않길 바랐는데, 때
마침 노무사 사무실에서 연락이 와 기뻤다. 인사와 회계, 모
든 것을 다루기에 적합한 곳 아닌가.

　"자격증을 많이 따셨네요? 그리고 결혼하셨네요. 임신
계획은 있으세요?"

"네 있습니다. 하지만 제가 시부모님과 함께 살기 때문에 출산 후에는 일과 병행하면서……"

"됐고. 저희는 애 낳는 사람은 안 뽑아서요."

"네?"

"다들 애 낳고 그만두더라고."

"아니요, 노무사님. 저희는 이제 은퇴하신 시어머니가 같이 살고 계시는데요. 그러니까,"

"네, 잘 들었고요. 나가시면 됩니다."

일대일로 면접을 진행하던 노무사는 내 입에서 '출산'이라는 단어가 나오자마자 자리에서 일어나 출입구 쪽으로 걸어갔다. 당황스러운 나머지 취업 후 계획을 주절주절 말했지만, 노무사는 문까지 열어주며 나가라는 모습을 보였다. 당황스러움과 수치심으로 얼굴이 벌겋게 달아올랐다. 그만 입을 꾹 다물었다. 면접장을 나오니 좁다란 사무실에 독서실 같은 배치로 책상들이 다닥다닥 붙어 있었다. 저 자리 중 하나가 내 것이어야 했는데 하는 아쉬움이 몰려왔다. 아쉬움을 채 느끼기도 전에 뒤통수가 따가웠다. 뒤돌아보지 않더라도 노무사가 아직 쳐다보고 있음이 느껴졌다.

민망함을 무릅쓰고 인사를 했다. 그러자 사무실 문이 열리며 대여섯 명의 여성들이 우르르 들어왔다. 그들은 독서실 같은 그 책상마다 쏙쏙 들어가 앉았다. 흡사 닭장 같아

보였다. 이들은 저 자리에 앉아 저마다의 일을 하다가 결혼과 임신 사실이 드러나는 그 순간에 퇴사 준비를 해야만 하는 걸까? 그러기에 그들의 나이가 너무 젊어 보였다. 나는 생각했다. 이곳에서 노무사가 원하는 '비임신 여성'으로 일해야 한다면 내 직업에 대해 과연 얼마만큼 만족할 수 있을까? 생각이 깊어진 채로 지하철역에서 교통카드를 찍었다.

실은 대학교 졸업 전, 그리고 조교 일을 시작하기 전에, 모 비영리단체에서 간사직을 지원한 적이 있었다. 간사는 단체나 기관 등에서 각종 사업을 수행하거나 보조하는 역할을 한다. 아마 직원이라고 부르면 기업 이미지가 강하니, 간사라는 직함을 대체하여 부르는 듯하다. 그런 바람을 따라 나 역시 사회적 공익을 지향하는바, 간사직을 지원했다. 1차 서류 전형은 이미 통과한 상황이었다. 사건은 2차 면접, 그러니까 담당 간사와의 전화 인터뷰 때 벌어졌다.

간사를 지원하게 된 동기, 간사를 해야 하는 이유, 자신의 강점과 약점은 무엇인지. 자신을 어필하는 시간만 한 시간이 훌쩍 넘어갔다. 나는 지하철을 타고 집에 가던 중이어서, 길어지는 인터뷰에 잠깐 지하철에서 내렸다. 여러 얘기를 나누던 중에 담당 간사가 별안간 이런 말을 꺼냈다.

"피임은 어떻게 하세요?"

"네?"

"대답하기 좀 곤란하시죠?"

대답하기 곤란한 질문을 왜 하는 건지. 목구멍에서 뜨거운 것이 올라오는 게 느껴졌다. 그렇지만 이 사람에게 무례하다고 말하거나, 화를 내버리면 불합격할지도 모른다는 생각이 앞섰다. 이제 서른인데 안정적인 일자리를 구하려면, 라는 생각. 어쩔 수 없는 불의함도 삼켜야만 먹고 살 수 있으니까. 그래, 이번 한 번만 눈 딱 감자. 나는 대충 얼버무렸다. 담당 간사는 여기에 그치지 않고 구체적인 질문들을 퍼부었다. 자녀 출산 계획, 임신하면 그만둘 건지, 피임 기간은 얼마나 되는지 등등. 나에 대한 배려는 전혀 없고, 면접관의 입장만 있는 면접. 진솔하지도 않고 그렇다고 경계하는 투를 보이지도 않는, 적당한 선에서만 대답하고 마무리 지었다.

뭐가 그렇게까지 궁금한지를 모르겠다. 노무사도 그렇고, 이 간사도 그렇고. 남의 성생활이 그렇게나 궁금한가? 아니면 출산 계획이 궁금한가? 그게 취업하고 일하는 것과

밀접한 연관성이 있는 것인가? 대체 왜 나의 사생활에 관해 궁금한 것이 그렇게나 많은가?

앞선 이야기와 함께 재미있는 사실은, 면접자였던 두 사람 다 누군가의 남편이고 누군가의 아버지였다는 사실이다.

이번에는 여성일하기센터를 통해 6개
월 가까이 취업 준비를 하던 때에 벌어진 이야기이다. 내가
재수 없는 운명을 타고났다는 걸 깨닫게 된 에피소드다.

나는 전시 기획, 공연 기획, 이벤트 기획 등 행사를
기획하는 산업 영역에 취업하고자 도전했다. 거시적으로
는 MICE(Meeting 회의, Incentives Travel 포상 여행,
Conventions 컨벤션, Exhibitions/Events 전시 및 이벤
트) 산업이라고 불리는 영역이다. 코엑스, 킨텍스 등에서 전
시회, 이벤트, 포럼, 심포지엄, 세미나 등을 기획하고 유치
하며 운영하는 업무이다. 누가 봐도 글로벌하고 센세이션하

고 폼나는 직업임이 분명하지 않은가! 나는 이미 각종 행사에서 알바 경력이 있었기 때문에 취업에 유리했다. 현장 경험이 있는 것, 특히 스텝 경력이 얼마나 있는지는 가장 중요한 취업 역량이었기 때문이다.

상황이 이렇다 보니 취업 담당자는 내게 취업 정보를 주려고 여러모로 노력했다. 그중 하나는 공공기관에서 운영하는 MICE 직종의 일 년짜리 계약직이었다. 나와 취업 담당자는 아침부터 저녁 늦게까지, 야근을 불사하더라도 함께 머리를 맞대고 취업 전략을 짰다. 이력서야 뭐, 행사 스텝으로 있던 경험이 빽빽하니 경력이 부족할 리 만무했다. 취업 문을 여는 관건은 자기소개서였다. 이 자리는 학벌, 나이, 출산 계획 등을 따지지 않고 오로지 면접과 자기소개서만으로 경쟁하는 블라인드 채용이었기 때문에, 열의를 보인다면 반드시 합격할 수 있다는 확신이 들었다. 다행히 2차 인적성 시험도 통과하여 3차 면접시험만이 남은 상황이었다.

밝게 웃으며 들어선 면접장. 면접장에는 쪼르르 들어온 다섯 명만큼, 다섯 명의 면접관들이 앉아 있었다. 이 기관 내에 어떤 행사를 유치할 것이냐, 외주업체를 대기업으로 할 것이냐 아니면 중소기업으로 할 것이냐 등등. 현장경험이 부족하면 대답하기 어려운 질문이 오갔다. 나는 긴장된 나머지 허튼소리를 해댔지만, 내가 열과 성을 다해 대답하는 것과는 판이하게, 면접관들은 무척 지루해 보였다. 다른 사람의 이야기를 들을 생각이 전혀 없어 보였다. 어떤 사람은 입이 찢어지게 하품하느라 목젖이 다 보일 정도였고, 또 다른 사람은 대놓고 책상 위에 핸드폰을 올려서는 메시지를 보내고 있었다. 다른 사람은 턱을 괴고 면접 채점지에 동그라미를 그리고 있었다. 펜의 움직임을 보고 있으니 동그라미인 것도 같고 세모인 것도 같았다. 면접관의 태도를 채점할 수만 있다면 마이너스 100점은 주고 싶었다.

면접이 끝나고 면접 대기실로 돌아와서는 내가 망했다는 사실을 절감하며 얼른 짐을 챙겼다. 마치 조선 시대 속 과거시험에 낙방한 선비가 된 기분이었다. 에코백에 짐을 대강 쑤셔 넣고 문을 여는데 면접관들이 우르르 나왔다. 몇 시간 동안 면접을 진행하다 보니 잠깐의 쉬는 시간이 진행되는 모양이었다.

"걔, 말하는 거 되게 웃기더라."

"그러니까. 하하하. 근데 몇 명 뽑는 거지? 한 명인가?"

"우리는 뽑을 사람만 뽑으면 돼."

너털웃음을 짓고 복도를 가로지르는 그들의 뒤통수를 보며 허탈함이 올라왔다.

'뭐? 뽑을 사람만 뽑으면 된다고? 그럼, 내정자가 있었

다는 소리야? 그럼 내가 그동안 들인 노력과 공은 대체 뭐야.'

나는 허무감에 무너져 내린 나머지 그 자리에 쪼그려 앉았다. 눈물도 나지 않았다. 나는 지금껏 뭘 한 걸까?

이쯤 되어 보니 취업을 하는 것이 누군가에게 선택받으려고 기다리는, 세일즈의 영역이 아닐까 싶었다. 취업이라는 정육점에 들어가 내 몸을 갈라서 등급을 매긴 뒤 전시하고, 회사들이 먹음직스러운 부위를 골라 계산하는 것처럼 느껴졌다. 환멸이 났다. 나라는 사람의 가치는 수많은 면접과 이력서의 광탈 속에서 평가절하되고, 이상한 회사들만 들어갔다 나오는 생활이 반복되면서 나이만 먹었다. 이제 나에게는 물경력이란 딱지만 남았다. 이골이 날 대로 나버린 뒤부터 더는 취업하지 않기로 마음먹었다. 시장에 나를 팔고 그들의 손에 판단할 힘을 쥐여주는 것이 너무나도 싫었다. 나는 나로서 살고 싶었다.

그렇다고 멋있게 '난 프리랜서가 될 거야!'라고 선언한 것은 아니었다. 삶의 결을 따라 자연스럽게 프리랜서가 된 것이다. 청소업은 개인사업자이다. 내가 수행하는 청소 노동이 곧 내 얼굴이 되고 가치가 된다. 용역 서비스가 상품이기 때문에 직장에서 일했던 것과는 다르게 더욱더 치열해야만 생존할 수 있었다. 직장 밖의 삶은 왜 이렇게 전투적일까, 라는 회의감이 들 때도 많았다. 나는 자발적으로 내가 어떤 사람인지를 드러내는 사람이지, 다른 사람에게 선택되는 사람이 아니다. 그래서 청소는 세 가지의 날개를 달아 주었다.

첫 번째 날개는 생활 태도의 변화였다. 육체노동을 하다 보니 너무나 피곤한 나머지 일찍 잠들고 일찍 일어날 수밖에 없다. 최대한 밤 11시에는 잠자리에 들고 아침 5시에는 눈을 뜨는 게 자동으로 이루어진다. 자고로 나는 날마다 유튜브로 '아침형 인간이 되는 방법'을 검색하던 사람이었다. 청소를 하면서 해 질 녘의 낭만보다 아침의 여명을 바라보며 삶에 대해 긍정하는 마음이 짙어졌다. 청소일을 그만둔 뒤로도 아침을 일찍 열어가는 패턴을 그대로 이어갔다. 조금의 발전이 있다면, 주어진 일상을 겸허히 받아들이고

만나는 인연마다 친절하게 해달라고 기도하는 것이다.

두 번째 날개는 자기관리에 관한 책임감이다. 사모님의 집안이 어수선한 것을 보면 사모님의 업무 태도 역시 마찬가지일 것이라고 짐작했다. 기본적이다 못해 아주 원초적인 관리가 안 되는데 사회에서도 어떻게 할지 뻔할 뻔 자다. 집은 안락한 곳이자 사회적 가면을 벗고 무장해제가 되는 장소이기에, 인간의 면면이 모조리 벌거벗겨진다. 그것을 알게 된 나로서는 참으로 곤욕이었지만, 한편으로는 자기관리의 여부가 노골적으로 드러나는 공간인 '집'에 관하여 나는 어떻게 대하고 있는가 반성하게 되었다.

세 번째 날개는 인간에 대한 깨달음이다. 다양한 집을 방문하다 보니 모든 인간은 거기서 거기라는 진리를 깨닫게 된 것이다. 이전에는 사람에 대한 막연한 기대나 환상 같은 것이 있었는데, 사람 사는 꼴을 가까이서 보니까 죄다 다를 바가 없었다. 인간은 뭐로 보나 똑같은 존재이구나 하는 생각. 그러므로 모든 사람을 평등하게 바라보는 시선을 갖게 되었다. 집구석마다 바람 잘 들 날이 없고, 그렇게까지 이상적이고 괜찮은 사람이 하나도 없다는 것을 깨달으니, 더는 사람에게 휘둘리지 않게 되었다.

직장에 다녔을 때는 혼날까 봐 벌벌 떨고, 취업 준비생 때는 면접에서 떨어질까 봐 식은땀을 흘렸는데. 잔뜩 겁먹고 주눅이 든 나는 어디 가고, 강철같은 팔뚝과 굳은살 박인 손가락만 남았다. 누군가 내게 욕을 하더라도 속으로는,

'그래, 네가 잘났다고 말하지만 넌 결국 세탁조 청소도 제대로 못 해서 곰팡이가 잔뜩 난 세탁기를 쓰고 있는 한심한 인간이겠지. 아니면 양말을 뒤집어 벗는 버릇조차 고치지 못해 양말에서 발 고린내나 나겠지. 너는 어른의 탈을 쓴, 어른 아이일 뿐이야.'

라고 생각할 만한 면역력이 자랐다. 물론 대다수의 사람들이 걸어가는 정도의 길을 벗어났기 때문에 감당해야 하는 고생길이 있긴 하지만. 덕분에 쉽게 예상할 수 있는 인생이 되거나 뻔한 결과를 얻지는 않았다. 만약 꾸준히 직장생활을 했었더라면 결코 경험하지 못했을 일들도 많이 겪었다.

사람들은 내게 "상처가 많은 것 같아요"라든지 "글이 너무 적나라해요. 쌓인 게 많으세요?"라고들 한다. 그러나 실상은 정반대이다. 외부의 충격은 내 영혼에 큰 데미지를 주지 못했다. 잠시 잠깐 나를 할퀴고 지나갈 순 있어도 자신을 무너뜨리는 건 그런 것들이 아니었다. 나를 아프게 한건, 바로 나 자신이었다. 앞서 말한 사건들 혹은 사람들이 준 상처보다, 직장에서 쓸모없는 사람 취급을 견디며 자신

을 탓하는 게 훨씬 힘들었다. 내가 나에게 주는 상처가 가장 아팠다. 그들이 했던 말을 그대로 흡수해서 나에게 다시 뱉어 버리거나, 자신의 존재성을 의심하려 했을 때가 가장 슬펐다. 세상에서 나를 지워버리고 싶어 안달하는 일. 그리고 자기혐오의 굴레에서 벗어나지 않고 내버려 두는 것이 슬펐다.

나는 원래 자존감이 높은 사람이 아니었다. 청소일을 하면서부터 벌어진 상황들이 나를 단단하게 만들어 주었다. 게임 캐릭터의 경험치가 쌓이면 쌓일수록 레벨업을 하듯이 말이다. 쫀득쫀득한 인생을 살아가며 나는 끊임없이 성장해야만 했고, 단단해져야만 했다. 어디까지 단단해질지 모르지만, 여하튼 물러터진 정신머리는 사라진 지 오래다.

그래도 나는 나에게 뿌듯함과 대견함을 느낀다. 이 글을 읽는 모든 이들이 도덕적, 윤리적으로 크게 어긋나거나 가족들에게 금전적, 정서적으로 폐를 끼치는 것이 아니라면 충분히 많이 방황했으면 한다. 그동안 자신과 삶에 대해 끊임없이 고민하길 바란다. 자기 기준이 또렷이 세워졌을 때 비로소 자신의 길을 찾는 게 바르다고 본다.

내 인생은 오로지 나만이 선택하고 책임질 수 있으니까.

망설이지 말고 부딪히자.

세상에 팔릴 때까지 기다리는 사람이 되지 말고.

자신의 가치를 이 세상 속에 마음껏 뽐내보자.

우리 인생의 최고의 날은, 아직 오지 않았으니까.

현직 고수와의 인터뷰
(feat. 시어머니)
· · · · · · · · · · · · ·

인터뷰에 응하신 김종화 여사님은 양단우씨의 시어머니 되십니다. 여사님은 고깃집, 학교 급식소, 족발집 등에서 30년 이상의 경력을 자랑하는 식당업계의 베테랑입니다. 여사님은 코로나19 사태로 인해 주방 근무자를 제외한 나머지 동료들과 함께 정리 해고되었습니다. 오랫동안 사회생활을 하던 분이었기에, 갑작스러운 해고 통보로 인해 큰 상실감을 경험했습니다. 전에 없었던 통증들이 늘어갔고 불면으로 인해 고통을 호소했습니다.

이에, 며느리 양단우는 자신이 도전한 청소업을 제안했습니다. 일자리를 취사선택할 수 있어 근무 시간이 유연하고, 장시간 일어서서 근무하던 식당 일보다는 건강에 무리가 덜 갈 것이라고 소개했습니다. 여사님은 이직에 관해 상당히 깊은 고민을 하셨고, 마침내 업종 변경에 도전하였습니다. 57년 닭띠의 새로운 도전!

여사님의 도전을 응원하는 마음으로 인터뷰를 신청했습니다. 여사님은 인터뷰비로 인절미 빙수를 요청하셨고, 저희는 빙수를 아작아작 씹어 먹으며 인터뷰를 시작했습니다.

Q. 처음에 제가 청소일 얘기 드렸을 때 어떠셨어요?

A. 새로운 직업이니까 호기심도 생기고 한번 해보자, 그런 마음이었지 뭐. 극한 직업(하하하).


Q. 식당일을 25년 이상 하셨는데 식당일도 그렇고, 청소일도 그렇고, 몸을 쓰는 일은 비슷한 것 같아요.

A. 비슷하긴 한데 이쪽 일이 자세가 안 좋아서 무리가 될 수 있어. 옛날식 변기는 측면으로 배관이 구불구불하잖아. 그걸 다 닦으려면 허리를 구부려야 하는데 쭈그리고 하다 보니 허리에 안 좋지.


Q. 옛날로 돌아간다면 식당일을 하고 싶으세요, 청소일을 하고 싶으세요?

A. 식당은 내가 직접 경영도 해봤고 다른 사람이 경영하는 식당에서 근무도 해봤으니까 어렵지 않은데, 청소일은 낯설다 보니 고민을 많이 했어. 과연 내가 잘할 수 있을까

하는 부담감 있잖아. 그렇다 하더라도 이제 식당일은 힘드니까. 긴 근무 시간 동안 일한다는 게 건강상 힘들다 보니, 비교적 내가 원하는 시간에 짧게 일할 수 있는 청소일을 택하겠지.

만약 식당에서 일한다고 하더라도 상추를 씻는다든가 새우젓이나 부속물들을 담아서 세팅하는, 단시간에 근무하는 일 같으면 할 수야 있겠지만, 오래 서서 일하다 보면 다리 쪽으로 피가 몰려서 저리는 게 느껴지거든. 식당 하면서 아파트 청소하는 사람들, 많이 봤잖아. 그런 사람들의 애로사항을 다 알고 있어. 그 사람들이 아파트 복도마다 마포 걸레로 닦는 일이 보통이 아닌데. 사실 식당에서도 가게 안에 마포 걸레로 다 닦고 하거든. 식당일도 결국 청소일이랑 똑같아. 그래서 그걸 알고도 청소일을 부딪쳐 보니까 괜찮은 것 같아.

세상에 안 힘든 일이 어딨겠어? 내가 건강만 따라주면 일한 만큼 수입도 나오고, 몇 군데 고정 단골을 잡기만 해도 할 만하니까. 식당에서는 손님들에 대한 서비스나 클레임에 관한 스트레스를 받는데, 청소일은 내가 일 처리만 깔끔하게 하면 되니까 불편한 것도 없어. 할 만해.

Q. 어머니는 좋은 이직 사례인데요. 실은 이 쪽으로 이직을 시도하다가 중도에 포기하는 분들도 많잖아요. 호불호가 강한 직업 아닐까요?

A. 나는 웬만하면 새로운 일에도 잘 적응하는 편이야. 사람에 대해서도 두루두루 잘 지내려고 하기도 하고. 그러다 보니 일 자체가 어렵기보다는 자신에게 일이 맞냐, 안 맞냐 하는 적응도가 관건인 듯해. 꼭 청소일이 아니더라도 무슨 일이든 다 그래. 적응하는 데 개인차가 있는 거야. 처음에 그런 타이밍을 잘 포착했다가 참고 이겨내야지.

Q. 청소일이라고 하면 일반적으로 편견이 있잖아요. 어떻게 생각하세요?

A. 그렇지. 아무래도 지저분하다는 편견이 있지. 그런데 사람들 사는 거 똑같아. 식당이라고 해서 그렇게까지 다 깨끗한 것도 아냐. 비 오는 날, 고기 비린내가 심하게 나는 것 같은 경우에는 아유, 진짜 힘들어. 화장실 청소도 그래. "그걸 (더러워서) 어떻게 해"라고 할 필요도 없어. 주방 더럽게 쓰는 사람은 화장실도 더럽게 쓰거든. 식당이든 가정집이든 일반 사무실이든 더러울 데는 다 더러워. 꼭 청소일이라고 유별난 것도 없어. 결국 다 똑같아, 사람은.

Q. 청소일 하면서 다양한 사람을 만날 것 같아요.

A. 인격적으로 대접받는 것. 거기서 따뜻함을 느꼈어. 어떤 집에 가면 사무적으로 대하면서 물 한 모금도 안 주고 좀 그래. 근데 A 아파트 사모님 같은 경우에는 딱 들어가자마자 "따뜻한 차 한잔 드시고 하세요"라고 한단 말이야. 약밥 같은 걸 따로 챙겨주기도 하고. 점심도 다 차려놓고 청소 끝날 때까지 기다리셔. 지금은 안 가지만 그 동네 지나칠 때마다 꼭 기억나. 마지막 날에도 "나중에 꼭 연락드릴게요"라고 하면서 봉투에 5만 원을 챙겨주셨더라고. 직거래도 아닌데 매번 수고한다고 교통비 만 원씩 챙겨주시고. 그런 분들은 우리를 청소 아줌마가 아니고 옆집 아줌마로, 인간 대 인간으로 생각하고 인격적으로 대우해 주신 거지. 그게 가장 기억나.

Q. 반면에 개똥 같은 집도 있었겠네요.

A. 응, S동! 아니, 내가 멀쩡히 청소하고 나왔더니만 일주일 뒤에 갔더니 주방 수도의 코브라 헤드가 고장 났다면서 사람 불러서 고쳤다고, 내 탓으로 몰아가고 그러잖아. 글쎄, 그러다가 머리카락 하나라도 떨어져 있으면 쌀쌀맞은 표정으로 머리카락 나왔는데요, 이러고 앉았고. 그 소리 듣고 얄미워서 더 챙겨주고 싶은 생각도 싹 사라지더라고. 자기들은 침대 시트에 피 같은 거 묻혀놓고, 대변 누고 변기 물도 안 내리면서 머리카락 하나 가지고 떠들어대. 생색낼걸 내야지.

내가 고마운 마음이 들면 작은 거 하나라도 더 청소해주고 싶지. B동 사모님은 안 그래. "아유, 여기까지 했으면 이만 일찍 가세요"라고 하지. 아무리 빨래가 많아도 고마워서 다 빨아주고 개어놓고 와. 빨래를 네 번이나 돌려도 그냥 다 해줘.

Q. 말씀을 들어보니 청소 상태를 보면 그 사람이 어떤 사람인지 답이 나오는 것 같습니다만.

A. 자기 주변을 조금이라도 정리하는 사람을 보면 딱 태가 나지. 양말 하나를 벗더라도 지저분하게 널려 놓지 않고 세탁통 안에 넣는 사람 있잖아. 아무리 청소부가 온다고 해도 내가 할 수 있는 최소한의 자기관리는 해야지. 돈 주니까 부려 먹는 식이 아니라. 그런 사람의 태도와 마음이 청소하는 사람에게도 전해지는 거야. 그리고 집안 상태를 보면 그 사람이 평소에 어떤 마음가짐으로 인생을 살아가는지 기본적인 태도도 보이지. 이런 이유로 청소하는 사람을 함부로 생각하지 않고, 인격적으로 대우하는 사람에게는 뭐든지 하나라도 더 챙겨주고 싶어.

Q. 한 군데 일이 끝나고 다음 일자리로 이동할 때 시간이 얼마 없으니까 식사하시는 것도 힘드실 것 같아요.

A. 요즘은 빵이나 간단한 음식을 챙겨 먹는데, 그간 김밥과 떡, 유산균 제품을 가장 많이 먹었던 것 같아. 버스 기다리는 동안 식당에서 밥을 먹을 여유는 안 되니까. 그래도 한 시간에서 한 시간 20분 정도 여유가 나면 사정이 좀 낫지. K네 집은 그래서 마음이 여유로워. 거기는 편하게 식사해도 괜찮다고 얘기를 하셨거든. 청소하다가 목마르면 마음 놓고 물이라도 마실 수 있잖아. 얼마나 좋아.

Q. 청소일을 하면서 해탈하셨을 것 같습니다. 빈부의 격차가 아니라 사람됨의 격차를 꽤 느끼셨네요.

A. 응, 해탈했어. 잘 사는 집이라고 엄청 깨끗한 것도 아니고, 못 사는 집이라고 덜 깨끗한 것도 아냐. 어떤 사모님네는 쓰레기통에 감자탕 뼈다귀를 버려서 구더기가 바글바글 생긴 거야. 여름철이니까 더 하지. 요만한 게 움직이니까 징그럽더라고. 사모님한테 말했더니 민망해하시면서 '그랬어요?'라고 하시더라고. 냄새도 엄청나. 사모님은 냄새가 나는 줄도 전혀 모르는 눈치였어. 안 되겠어 가지고 쓰레기통 안에 있는 걸 싹 빼서 버리고, 화장실에 들고 가서 락스로 싹 닦아놨지. 고맙다고 하더라고. 그런 걸 보면 부잣집이든 아니든 사람 사는 건 똑같아, 그렇지? 그 사모님은 엄청 부자였거든.

Q. 언제까지 이 일을 하고 싶으세요?

A. 체력이 따라와 주고 건강만 괜찮으면 70살까지는 하고 싶은데. 몸이 따라와 주려나 모르겠어.

Q. 언제까지 이 일을 하고 싶으세요?

A. 청소도 좋긴 하지만 동시에 정리수납도 함께 배워두면 큰 도움이 될 거야. 직업으로서 한 단계 업그레이드할 기회가 되는 것이지. 내가 좀 더 젊었으면 정리수납도 배웠을 거야. 앞으로는 1인 가구나 맞벌이 부부 가구 등이 더욱 많아질 텐데, 그런 사람들은 직장생활을 하면서 바쁘다 보니 정리수납이나 청소 서비스가 꼭 필요하거든. 분명히 수요가 있으니까 정리수납사 교육까지 받으면 높은 질의 서비스를 제공하는 전문직이 되리라 생각해. 청소할 때만 보더라도 내가 정리하고 청소한 것을 돌아보면 뿌듯하잖아. 나는 젊은 사람들이 이렇게 유연하게 생각하고 기회를 잘 잡았으면 좋겠어.

Q. 며느리가 청소일을 한다고 말씀드렸을 때 어떠셨나요?

A. 네가 나이도 있고 배운 것도 있고, 젊고 그런데 굳이 청소를 하겠다고 그러니까. 직업에 대한 선입견으로 나쁘다고 생각한다기보다 염려스러움이 컸지. 엄마로서 속상했어. 그래도 처음에 잘하는 걸 보고 이렇게 잘 적응했으니까. 이 정도면 다른 무슨 일을 하더라도 잘 해낼 수 있겠구나, 라며 안심했어. 힘든 일을 해도 건전한 생각으로 잘 해내고 있는데, 앞으로 사회생활을 하면서도 뭐든지 잘할 수 있겠다는 생각이 들어 위안을 얻었지.

Q. 마지막으로 하고 싶은 말씀이 있나요?

A. . 새로운 일로 이직한다고 하더라도 너무 두려워하지 말고 도전해 보는 것도 괜찮아요. 청소에 대한 선입견으로, 부정적으로만 받아들이지 말고 이것도 하나의 직업이라고 생각하면 좋겠어요. 일하면서 어떤 직업을 선택해야 하느냐고 고민하는 주부님들이나 경력단절 여성분들이 도전하면 참 좋겠다고 느꼈거든요. 주변에 청소일을 소개해 주기도 했고요.

청소업체에도 얘기하고 싶은 게 있어요. 앞치마 하나면 주지 말고, 조리사님들처럼 모자나 다른 용품에 회사 로고를 깔끔하게 넣으면 어떨까요? 일하다 보면 머리가 흐트러질 때가 많아서요. 깔끔한 이미지를 주는 모자 하나만 쓰더라도, 우리 같은 청소 매니저들이 직장을 다니는 느낌으로 책임감 있게 일을 할 거예요. 큰 비용이 드는 것도 아니고요. 사람을 많이 뽑아서 활동시키는 것도 좋지만, 이렇게 전문적인 인력 양성에도 힘썼으면 좋겠어요. 정기적으로 교육도 하고요. 우리가 소속감과 자부심을 느끼고 직장인들처럼 일할 수 있게 말이에요.

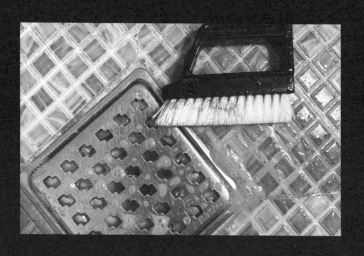

퇴사하는 날
· · · · · · · ·

제법 좋은 노동자가 되고 싶었다. 주인
의식을 갖고 스스로 일감을 찾아 수행할 줄 아는 노동자가.
다수의 직장생활에 실패하고 프리랜서로 전향한 뒤로는 그
런 삶을 살아가고 있다. 청소일이 숙련되면서부터는 부지런
함과 성실함을 배우게 되었다. 동시에 스스로 이상적인 노
동자가 결코 될 수 없다는 한계도 인정하게 되었다.

최소 일 년은 청소 노동자로 일하겠다고 마음먹었으나,
청소일을 하는 동안 반려견을 잃은 사건 이후, 상당히 절망
하며 일을 접게 되었다. 남의 집 욕조와 변기를 닦고 있을
때, 내 인생 중 21년을 함께 해온 반려견이 경련을 일으키고

있었다. 나의 강아지가 숨이 넘어가는 장면을, 화장실에서
보고 있던 때를 돌아보면 아직도 아찔하다. 실시간으로 내
가족이 죽어가고 있었다는 걸 무력하게 보기만 해야 한다
니. 당장의 청소를 마무리하더라도 아직 남은 청소들이 남
아 있어 시간을 채워야 했다. 돈을 벌기 위해 일을 하고, 그
돈으로 내 반려견에게 좋은 간식을 먹이고 싶었는데, 지금
은 변기를 붙잡고 엉엉 우는 것밖에 할 수 없었다.

생각이 많아졌다. 반려견이 아니라 내 자녀라면, 부모
라면, 남편이라면? 샤워 부스의 물기를 닦아내며 땀방울이
눈꺼풀 안으로 말려들었다. 나는 울면서 걸레질을 했다. 소
중한 것을 잃고 나니 청소 노동을 하고 싶지 않았다. 그러자
지금껏 청소하면서 겪었던 사람들의 말과 행동들이 오래된
흉터처럼 눈에 들어왔다. 우울증도 더욱 심해지고, 꿈에서
반려견의 마지막 순간을 지키지 못했던 장면이 반복되었다.
불면증이 시작되고 식이장애도 심해졌다. 무엇보다도 사고
로 앓게 된 허리디스크가 악화되어 앉지도 서지도, 청소를
하지도 못하게 되었다. 그즈음 이직 제안이 들어왔고 그 기
회를 놓치지 않았다.

육체노동을 하는 것은 매력적인 일이다. 몸을 쓰며 땀을 흘리는 일은 고된 만큼 활력도 돋게 한다. 땀 흘리는 맛에 빠져든 나는 이상주의자였다. 블루 컬러나 화이트 컬러와 같이 어떤 컬러의 축에도 들지 않는 청소 노동자가 나는 좋았다. 내 친어머니는 청소부였다. 그녀가 노동으로 다져놓은 근육들이, 나는 좋았다. 그건 어느 컬러에도 속할 수 없는, 가치 있는 것이니까. 요즘은 간간이 유튜브로 특수청소를 하는 채널을 보곤 한다. 정도의 차이는 있겠지만, 여전히 내가 경험했던 비슷한 규모의 쓰레기 집이 있음에 놀라울 따름이다. 그와 동시에 영상을 보는 내내 운동신경들이 꿈틀대는 것이 느껴진다. 뭐야, 청소일을 그만둬 놓고선 아직도 청소 본능을 버리진 못하는 건가?

일단은 내 속이 먼저 청소되고 난 후에라야 다시 시작할 수 있을 것 같다. 청소기를 들고 내 속에 쌓인 것들부터 빨아들여야겠다. 내 내공으로는 진정한 청소부가 되기엔 한참 멀었으니.

청소업에 종사하며

자신을 단련하는 모든 분께

진심으로 존경의 마음을 드립니다.

## 사모님 청소하러 왔습니다

2021년 11월 30일 1판 1쇄 발행

2022년 3월 20일 개정 1판 발행

2024년 3월 23일 국제강아지의 날, 개정증보판 발행


지은이 / 양단우

펴낸 곳 / 디디북스(디디컴퍼니)

출판등록 / 제2021-000112호

전자우편 / didicompany.kr@gmail.com

인스타그램 / @didi_company_books (디디북스)

ISBN / 979-11-978198-7-2 (03810)